万葉 こころの風景

山内英正

IZUMI BOOKS
19

和泉書院

明日香川《あすかがは》　明日も渡らむ　石橋《いしばし》の　遠《とほ》き心は　思ほえぬかも
（巻一一―二七〇一）

―明日香村・稲渕―

目　次

「無限曠野」の万葉歌

職業柄か、熱気に満ちた若者が大勢集まる場所に出かけると、自分まで元気が出てくる。青春の想い出につながれば尚更なことだ。大阪大学混声合唱団の定期演奏会もその一つである。合唱団は当日のプログラムに先立ち、毎回必ず「大阪大学学生歌」と「萬葉歌碑のうた」を歌う。後者は一九六七年、当時大阪大学教授であった犬養孝先生の還暦を祝して、黛敏郎氏が作曲した『万葉集』の志貴皇子《しきのみこ》の歌である。

采女《うねめ》の　袖《そで》吹き返《かへ》す　明日香風《あすかかぜ》　都を遠《とほ》み　いたづらに吹く　（巻一—五一）

この年にはもう一つ慶事が加わった。先生が主催する「大阪大学万葉旅行の会」が、百回目を迎えた。折しも明日香村には開発の波が押し寄せ、万葉の風土と景観を守ろうとする世論が高まっていた。その一助になればと、全国の教え子たちは村民と共に、甘樫丘《あまかしのおか》の中腹に先生揮毫の志貴皇子の万葉歌碑を建立した。

私は除幕式当時、合唱団の一員として、この曲を歌碑の傍らで歌った。これがこの曲の初演であり、

「以来、阪大混声にとって記念すべき一曲」（プログラム解説文）として歌い継がれている。学生たちは「萬葉歌碑のうた」とは言わず、「采女」と呼んでいる。犬養先生もお元気な頃は、定期演奏会を楽しみにして聴きに来られた。また、節目節目のお祝いの会には、団員を招いて歌ってもらった。私は大学二回生の時から万葉旅行の会の委員も兼ねていたので、二重に思い出深い曲である。

二〇〇六年十二月十六日、第四八回定期演奏会が尼崎市のアルカイックホールで催された。寒い夕べではあったが、場内は在校生や卒業生で一杯だった。差し入れの菓子類が入り口付近に山と積まれ、昔と変わらぬ光景に思わず頬が緩んだ。

当日の第三ステージは、作曲柴田南雄、構成柴田純子夫妻の「合唱曲　無限曠野」であった。ロシアとシベリア・カフカース、そして日本にかかわる重苦しいほどの歴史がテーマである。エヴェンキ族の神話「天駆ける鹿」や「コサックの子守歌」には、透明で冷厳な大気の清々しさを感じさられせたが、このあとには、デカブリストの反乱に加わりシベリア流刑となったベストゥージェフの詩「雲に寄す」、シベリア抑留のまま客死した山本幡男の詩「裸木」、草野心平が敗戦前年に発表した「大白道」が続く。ステージの若者たちも最後に、戦死した将兵となって、天の大白道を呟きながら行進していく。

この合唱曲の秀逸な構成は、「大白道」の前に、『万葉集』の田辺福麻呂《たなべのさきまろ》の歌、「足柄の坂を過ぐるに死人を見てつくる歌」（巻九―一八〇〇）が、女声三部合唱で歌われるところにもみられる。シベリ

ア抑留のテーマの中に、行路病死した万葉人が突如登場する。国家による民衆の悲劇的な死は、古代から日本にもあった。

折しも二〇〇六年十二月二十六日はシベリア引揚げ終了五十年に当たり、またこの月、中国残留日本人孤児が起こした国家賠償請求訴訟で、神戸地方裁判所が第一審、原告勝訴の判決を下したことも記憶に新しい。

犬養孝先生の弟の廉《きよし》先生は、ウズベキスタンとシベリアに抑留された。「明日香風」ならぬ「シベリア風」が大和《やまと》の方向から故国遠しと吹いたという。お二人の御霊も、若者たちの歌声に耳を傾けていたに違いない。

〔追記〕犬養廉先生は抑留体験を「往事茫々」（『萬葉の風土・文学―犬養孝米寿記念論集』塙書房、一九九五年）に記している。

4

粉浜のシジミ

南海電鉄の粉浜駅で下車し、高架橋の東側に出ると、花壇の中に立っている万葉歌碑が目に入る。本通り商店街に向かう人は皆、足速に通り過ぎて、歌碑を眺めることはない。

碑面には、

住吉乃
粉濱之四時美
開藻不見
隠耳哉
戀度南
　　孝書

と、刻されている。

粉浜のシジミ万葉歌碑

住吉《すみのえ》の　粉浜《こはま》のしじみ　開《あ》けも見ず　隠《こも》りてのみや　恋《こ》ひ渡りなむ

（巻六—九九七）

《住吉の粉浜のシジミがしっかりと蓋を閉じているように、胸の思いを打ち明けもしないで、心の奥に込めたまま恋い続けることであろうか。》

この歌碑は犬養孝先生が揮毫した。先生は一九四六年三月一日に台湾から紀伊田辺港に引揚げ、一九四八年四月から粉浜東之町（現、東粉浜）に住んでいた。二戸一棟の小さな長屋だった。東京であればどんな小さな家でも門があるのにと言われても、一向に気にしなかった。中二階の四畳半は家具で埋まり、二階の七畳半は書籍で埋まっていた。わずかに一階六畳の居間と、土間の台所だけが自由空間だった。正月三日には、百人を超える学生や卒業生が入れ替わり立ち代わり訪れた。

阪堺上町線の住吉停留所から北畠の旧制大阪高等学校に勤めるのには便利な場所であったが、のち大阪大学教養部が誕生した豊中市の待兼山学舎にも、ここから通い続けた。すぐ近くには物価が安い粉浜市場があり、庶民的な町の雰囲気が今日も残

っている。

先生の家の裏庭には、南海電鉄の線路際まで、新宮市孔島《くしま》から種を持ち帰って育てたハマユウ（浜木綿）の群落があった。夏、白花咲き乱れる頃、初めて先生の家を訪ねる人は、南海電車の窓から見えるハマユウを目印とした。しかし、線路の高架工事にともなう立ち退きで、一九七三年九月、西宮市に転居を余儀なくされた。現在、旧宅跡地は駐車場となり、ハマユウ群落地は道路となっている。

万葉歌碑は東粉浜社会福祉協議会が、先生想い出の地として、「粉浜の歴史を知り、郷土の誇りを永遠に伝えるため」（解説文）に建立した。歌に登場するシジミは、少し塩分を含む汽水に棲息するヤマトシジミと解される。細かい白砂の砂洲である粉浜が、固有名詞化したのである。

私が大学生の頃、東粉浜停留所の北側の住宅工事現場で、シジミの貝殻層が露出している斜面を見たことがある。犬養先生の転居の折には、ハマユウをすべて掘り返し、学生や卒業生に分配したが、庭は掘っても掘っても砂地であった。まさに粉浜であった。

話は変わるが、私の勤務校の図書館に、戦前、大阪の趣味人・文化人の一人であった三宅吉之助《みやけきちのすけ》が蒐集した考古遺物が眠っていた。私と黒田慶一氏（大阪市文化財協会）とで、『甲陽学院所蔵 旧「宇津保文庫」考古資料目録』の「瓦編」（一九九八年）と「土器編（瓦類補遺）」（二〇〇〇年）を編集した。三宅が土器と共に採取した貝類のなかに、ヤマトシジミが混ざっていた。

昭和初期、大阪市内は地下鉄御堂筋線や下水道工事などで地面が掘り返され、工事現場では瓦や土

器が多数出土した。三宅は「津布良江」の土器と貝殻を採取している。難波津の一部を構成した「津布良江」は円江《つぶらえ》であり、御霊神社を一名、円神社と称するように、中央区（旧、東区）淡路町付近は往古入り江であった。三宅は「津布良江土器貝殻包含土」を、地下一一尺（三・三m）と記録している。私は考古資料目録編集中、青春時代に粉浜で目にしたシジミの貝殻層を鮮明に想い出した。

過日、粉浜市場を歩いてみたが、魚屋にシジミは売っていなかった。甘党の私は、東粉浜の末廣堂に立ち寄って、シジミの形をしたひと口サイズの最中《もなか》、「濱邊《はまべ》の里」を買って帰った。

〔追記〕三宅吉之助のコレクションは辰馬考古資料館（西宮市）に寄託されている。同館では「なにわの瓦漫遊」展（一九九九年六月五日～八月二十九日）、「浪華文人蒐集家」展（二〇〇九年十月十日～十二月六日）として、三宅の事績とコレクションを展示したことがある。

「あすか風」――犬養孝　生誕百年記念碑建立

奈良県高市郡明日香村岡の集落の中に、堅牢な黒い門構えの和風建物がある。「南都明日香ふれあいセンター　犬養万葉記念館」である。元は南都銀行明日香支店であったが、移転にともない銀行から村に建物が寄贈された。これを改築して、二〇〇〇年四月一日に開館した。

「あすか風」碑

　犬養孝先生は万葉風土の文芸学的研究を行ない、『万葉の旅（上・中・下）』（現代教養文庫）の執筆のため、一九六一年四月の初めまでに、全国すべての万葉故地を踏査した。北は宮城県の黄金山《こがねやま》神社から、南は長崎県の福江島三井楽《みいらく》湾に及んだ。記念館に保存されている取材ノートは、交通事情が今日とは比較にならないほど悪い時代に、各地を歩き続けた先生の息づかいを今に伝える。数多くのスケッチ画は、写真とは異なる味わいをもつ。

　記念館入り口左手には「萬葉は青春のいのち　犬養孝」と刻された開館記念碑が立っている。この文字は、一九九三年に「犬養万葉顕彰会」が作製した、万葉歌碑のテレフォンカードのケースに書いていただいたものを用いた。先生揮毫の万葉歌碑は、この時点で村内に一四基もあったので、開館記念碑はこれがふさわしいと、私が提案したところ、皆さんの賛同を得ることができた。先生はいつも張りのある声で万葉歌を朗唱し、青年時代に間近に見た阿蘇山の噴煙を生涯の心の糧にしていた。

　開館時、中庭には「飛鳥古京を守る会」が、鎮魂の想いをこめて高市皇子《たけちのみこ》の挽歌を歌碑として建立した。

山吹《やまぶき》の　立ちよそひたる　山清水《やましみづ》　汲みに行《ゆ》かめど　道の知らなく　（巻二―一五八）
《山吹が咲いている山の清水を汲みに行きたいが、そこへ行く道が分からない。黄泉（あの世）に行った人には、二度と会うことはできない。》

二〇〇七年四月一日は犬養先生の生誕百年に当たり、顕彰会は記念事業として、この歌碑の傍らに記念碑を建てた。碑石には、甘樫丘中腹の〝明日香風〟の万葉歌碑（志貴皇子、巻一―五一）に因んで、先生揮毫の「あすか風」を刻した。いつまでも明日香風が清らかに吹き続け、万葉故地が守り続けられるを願って、先生を偲んだ。

この除幕式に引き続いて、甘樫丘万葉歌碑の傍らに設置した、歌碑の解説板の除幕式を行なった。この文案は私が作成し、設置の実務は副会長の水本洋氏が中心になって担当した。

当日午後一時からは、橿原神宮養正殿で記念祝賀会が催された。北海道から長崎県に至る全国の教え子が集い、大同窓会となった。

なお、生誕百年記念出版として、三冊の書籍が刊行された。犬養孝・山内英正共著『犬養孝揮毫の万葉歌碑探訪』（和泉書院）は、歌碑・記念碑合計一五一基の案内記録書であり、同社からは姉妹編として随想集、犬養孝著『万葉の里』も同時刊行となった。さらに『犬養万葉記念館図録』も明日香村教育委員会によって作成された。私はこれらの書籍の編集に携わったので、少しは先生の学恩に報

いることができたのではないかと、嬉しく思っている。

〔追記〕　犬養孝揮毫万葉歌碑はその後も建立され続け、二〇一一年六月五日で、万葉歌碑は一四一基、記念碑等は一七基、合計一五八基を数える（本書九五～一一五頁参照）。

市民が建てた堺万葉歌碑

仁徳天皇陵（大山《だいせん》）古墳は、エジプトのピラミッド、中国の始皇帝陵と共に、世界三大墳墓として知られている。歴史教科書にも必ず登場する。周辺は大仙公園として整備され、初夏に御陵の周囲を散策すると、緑がまばゆいぐらいだ。

御陵の西側遊歩道の一画に、二〇〇七年六月三日、万葉歌碑が四基建立除幕された。「堺万葉歌碑の会」の事務局代表、沢田富美子さんが中心となって、市内はもとより全国の万葉ファンに呼びかけて建立にいたった。二〇〇七年四月一日が、万葉風土文芸学を提唱してきた犬養孝先生の生誕百年に当たるため、これを記念したのである。

先生は一九五二年から一九八八年まで、堺成人学校の『万葉集』講座の講師を務められた。講座の受講者を中心に、一九九五年五月二十五日、自然石の万葉歌碑がすでに建立されていた。歌は仁徳天

11　市民が建てた堺万葉歌碑

磐姫皇后万葉歌碑

皇の磐姫《いわのひめ》皇后の作と伝える、

在りつつも　君をば待たむ　うちなびく　我が黒髪に　霜のおくまでに
（巻二―八七）

この歌碑の左右に二基ずつ新たに御影石の歌碑が建てられたのである。縦・横三三cm、高さ九〇cmの柱形で、色紙に揮毫した万葉歌がセラミック板に焼き付けられ、読み下し文と解説がステンレス板に記されている。

歌は磐姫皇后の作と伝える残りの三首、

君が行き　日《け》長くなりぬ　山尋《たづ》ね　迎へか行《ゆ》かむ　待ちにか待たむ
（巻二―八五）

かくばかり　恋《こ》ひつつあらずは　高山の　岩根《いはね》しまきて　死なましものを
（巻二―八六）

秋の田の　穂の上《うへ》に霧《き》らふ　朝霞　いつへの方に　我《あ》が恋《こひ》やまむ
（巻二―八八）

さらに、「古歌集」の異伝歌一首、

居《ゐ》明かして　君をば待たむ　ぬばたまの　我《わ》が黒髪に　霜は降るとも　（巻二―八九）

以上の四首である。

幸い雨も降らず、歌碑の前には約二百名が集《つど》った。午前十時、沢田さんの挨拶の後、司会者の「なびけ黒髪」の発声を合図に、第一号・第三号の両碑、続いて第二号・第四号の両碑、そして新たに由来文を記した銅版を裏面に嵌め込んだ、一九九五年建立歌碑の除幕を順次行なった。この由来文は、歌碑の傍らに立つ檜板に書かれた内容と同文である。

堺市長木原敬介氏の祝辞は市長補佐官鶴埜《つるや》清治《せいじ》氏が代読し、私が歌碑建立の意義やこれまでの経過について語った。最後に歌碑の万葉歌を、一同〝犬養節〟で朗唱し、式は約三十分で終わった。午後は十二時半から三時半まで、場所を堺リーガロイヤルホテルに移して、祝賀会が催された。

除幕された四基のうち、〝君が行き〟の歌（巻二―八五）のみ、犬養先生の揮毫ではなく、先生の弟、犬養廉先生の夫人、悦子さんが揮毫した。この歌の色紙がどうしても見つからなかったため、揮毫をお願いしたのである。

私がお手伝いした歌碑の由来文には、「わが町　堺は自由と自治の精神で、さらに魅力あるまちへ

と発展することをめざし、あわせて仁徳天皇陵（大山古墳）をはじめとする百舌鳥古墳群が世界文化遺産となることを願って、」歌碑を建立したと記されている。原案は「堺を市民の自由と自治の精神で真に魅力あるまちへと再生することをめざし、…」であった。いずれにしても、これからの市民と自治体との関係は請願型や対決型ではなく、パートナーシップ型でなければならない。

犬養先生は生前、景観保全は〝点〟より〝面〟が大切だと力説した。仁徳天皇陵など五〇基近くの古墳群を、高層ビル群の谷間に埋没させてはならない。

市民の力による万葉歌碑建立、行政と市民による堺成人学校以来の生涯学習の蓄積。堺の自由と自治の精神は今も息づいている。

故郷に結ぶ万葉の心

『万葉集』には約千二百余の地名が登場する。北は宮城県・新潟県、南は鹿児島県まで、広く風土に根ざして詠まれている。二〇〇七年生誕百年を迎えた犬養孝先生は、九十一年の生涯かけて万葉故地を歩き続け、万葉風土文芸学を築き上げた。

学生以外にも、市民講座やビデオやＣＤ講座などで学んだ人々がいる。そのなかには学ぶ喜びを故

郷に発信し、万葉の心をさらに多くの人々に伝えようとしている人がいる。大阪府在住の二人の方を紹介しよう。

東大阪市在住の竹内正幸氏は故郷への恩返しとして、一九八八年十一月に島根県邑智郡邑南町の志《し》都岩屋《づのいわや》神社に万葉歌碑を建立した。社殿の背後には鏡岩と称する一〇mを越える巨岩が聳え、見る者を圧倒する。

大汝《おほなむち》　少彦名《すくなびこな》の　いましけむ　志都《しつ》の岩屋《いはや》は　幾代経《へ》ぬらむ　生石真人《おひしのまひと》（巻三―三五五）

《大国主と少名彦が住んでいらっしゃったという志都の岩屋は、いったいどのくらいの年月を経たことであろうか。》

志都の岩屋については、島根県大田市静間町の大岩窟や兵庫県高砂市の石の宝殿《ほうでん》などの諸説もあり、邑南町岩屋の地も一説である。

除幕式当日は前夜の残雪が氷と化し、足踏みをしながら揮毫者である犬養先生の講話と朗唱を聴きいった。神事の石見神楽は四十分にも及んだ。

竹内氏は一九九三年十月に歌碑の傍らに副碑を建て、さらに二〇〇三年四月には自作詩を刻した「八重桜植樹之碑」を建てた。詩碑の一節、「永遠に伝えん　志都の里　語り継がん　志都の岩屋を」

には、故郷への深い思いが込められている。

箕面市在住の川波二郎氏は、二〇〇五年十一月、故郷の福岡県飯塚市で「全国万葉フォーラムin飯塚」を企画実行した。会場の芝居小屋、嘉穂《かほ》劇場には約千名の万葉ファンが集って満席となり、筑豊炭田最盛期の熱気も斯くやと思わせた。

筑前国守の山上憶良は、神亀五（七二八）年七月、管内巡回先の嘉摩《かま》郡で、嘉摩三部作とも言うべき万葉歌（巻五―八〇〇～八〇五）を作った。

川波氏は生前の犬養先生を御存じない。先生のＣＤ講座を聴くうちに『万葉集』に魅せられて、故郷が万葉故地であることを認識した。そして「嘉摩万葉を学ぶ会」を結成し、ついには全国万葉フォーラムを開くにいたった。記念講演、パネルトークリレー、万葉歌がたりコンサートなど盛り沢山のプログラムであった。裏方は地元の方々がボランティアで努めた。

川波氏の情熱はこれに留まらず、二〇〇七年六月には、飯塚市歴史資料館にて「犬養孝生誕百年記念展」を開催し、三人の講師による講演会を行なった。私もお手伝いをした。さらに嘉摩の地に犬養先生揮毫の万葉歌碑建立を計画し、二〇〇八年三月二十三日に除幕実現した。これは先生の第一三五基目の歌碑となった。

竹内・川波両氏はそれぞれ遠く河内・摂津の地に住まいしても、万葉の心によって故郷と強く結ばれている。私自身、犬養先生の『万葉集』に寄せたひたぶるな情熱と、受けた学恩の大きさを思わず

にはいられない。

甘樫丘万葉歌碑

こんにち飛鳥の展望台として知られる甘樫丘は、昭和四十年代の前半までは登る人も稀で、ほとんど誰も気にも留めないような小山だった。「大阪大学万葉旅行の会」（一九五一年開始）の委員は、下見の折に鎌で下草を刈らなければならなかった。登り道は人が一人かろうじて通れるほどの狭さで、頂上付近にも樹木が繁茂していた。

ところが、開発の波は明日香村にも容赦なく押し寄せてきた。甘樫丘の地主のもとにも、不動産屋が売買交渉に日参し、丘の上にホテル建設を口走る者すら現れた。

村民はもとより犬養孝先生も事態を憂慮し、甘樫丘を守ろうという気運が高まった。折しも一九六七年は先生の還暦に当たり、秋には大阪大学万葉旅行が通算百回目を迎えようとしていた。そこで全国の教え子たちは、飛鳥乱開発の防波堤として、丘に万葉歌碑の建立を計画した。

先生は次のように、よく言われた。「人は正倉院の御物と言えば守ろうとするが、何気ない万葉故地の景観については、その大切さをなかなか理解しようとしない。景観保全は、点より面という視点

でなければならない。」

明日香村の地域住民の賛同も得て、歌碑は一九六七年十一月十二日に除幕された。

甘樫丘万葉歌碑

采女《うねめ》の　袖吹き返《かへ》す　明日香風　都を遠《とほ》み　いたづらに吹く
志貴皇子（巻一―五一）

先生の朗唱が明日香の空に響きわたった。いついつまでも明日香風が変わることなく吹き続けるように、一同願わずにはいられなかった。この歌は、先生の旧制横浜第一中学校時代の教え子、黛敏郎氏によって作曲され、大阪大学混声合唱団が除幕式で初演披露した。私も学生服姿で、テノールの一員として歌った。

一週間後の十一月十九日は、第百回飛鳥万葉旅行。学生・卒業生が四五五人も参加した。列の先頭が甘樫丘に到着したのに、最後尾は、まだ橿原神宮駅の東口を出たところだった。丘は人で埋まり、万葉歌の大合

唱となった。

除幕式の翌年、明日香村歴史的風土保存計画が決定され、一九八〇年に明日香村特別措置法の制定公布となった。万葉歌碑の建立は、飛鳥保存の画期をなす役割を果たしたといえる。

時移り二〇〇七年、犬養先生の生誕百年を迎えた。犬養万葉顕彰会はこれを記念して、歌碑の傍らに解説板を設置した。

「草深百合」万葉歌碑

長年にわたって万葉歌碑を探訪し続けた田村泰秀《たむらやすひで》氏の調査によると、その数は全国に二千基近くあるという。万葉公園など地域文化振興の一助として、歌碑の建立が近年各地で目立つ。

揮毫者としては犬養孝先生が群を抜いて多い。第一基目は一九六七年に、明日香村の甘樫丘《あまかしのおか》で建立された。以後一九九八年に九十一歳で亡くなるまでに、一二四基を数えた。歿後も揮毫色紙をもとに歌碑は建立され続け、二〇一一年現在、一四一基となった。その他関連碑も一七基ある。先生は万葉風土文芸学を終生の研究テーマとし、今なお多くの人々に敬愛されているからだ。

第一三六基目は、二〇〇八年三月二十三日に除幕建立された。場所は福岡県嘉穂《かほ》郡桂川《けいせん》町、王塚装

飾古墳館の前庭。歌は作者未詳の、

草深百合万葉歌碑

道の辺《へ》の　草深百合《くさふかゆり》の　花笑《ゑ》みに　笑《ゑ》みしがからに
妻といふべしや　（巻七―一二五七）

《道端の草藪の中に咲いているユリの花のように、私がちょっとほほ笑んだだけで、私をもうあなたの妻といってよいのでしょうか。》

女性がほんの少しにこっとほほ笑んだだけなのに、男性は求婚を承知してくれたと誤解した。そこで女性が困りますわとたしなめた。

「笑まししからに」と訓《よ》んで、「あの子がちょっとほほ笑んだからといって、もう妻といってよいのだろうか」と、男性が自問自答したとする説もあるが、女性の歌と解したい。

この万葉歌碑は「犬養万葉顕彰会」など先生を慕う

人々が強く要望したため、「嘉摩万葉を学ぶ会」がこれに応えて旧、穂波郡《ほなみごおり》の地で実現した。代表の川波二郎氏は誠心誠意尽力された。歌碑建立の意義を地域住民に広く伝えるため、飯塚市歴史資料館や飯塚井筒屋などで「犬養孝生誕百年記念」展示をし、さらに同資料館において三人の講師による記念講演会まで企画した。この講演や歌碑解説板・リーフレットの文案作成など、種々お手伝いできたことを嬉しく思っている。

山上憶良《やまのうえのおくら》は神亀五（七二八）年に旧、嘉摩郡《かまごおり》で一連の万葉歌（巻五―八〇〇～八〇五）を撰定した。その縁《えにし》で嘉麻《かま》市内には、犬養先生揮毫による二基の憶良歌碑が一九九五年に、「鴨生憶良苑《かもおおくらえん》」命名碑が一九九七年に建立された。

山上憶良は大宰府《だざいふ》・嘉摩郡《ぐんが》衙間の往復路として、王塚古墳近くを通っていた官道を利用した。

鰻《むなぎ》捕りめせ

土用の丑の日はウナギのかば焼きを食べて、夏バテ予防とするのが定番ながら、二〇〇八年の真夏はウナギの産地偽装問題で、国産ウナギの値段はウナギ登り。一方中国産は敬遠気味。見た目に両者は区別しがたく、ましてや里帰りウナギと国産ウナギの区別は、もっと困難である。天然ウナギは庶

民には幻の存在である。安全でありさえすれば中国産で充分だ。

万葉人も夏にウナギを食べていた。大伴家持《おおとものやかもち》は痩《や》せ過ぎの吉田石麻呂《よしだのいしまろ》をからかって、次のような歌を詠んだ。

石麻呂に　我《われ》物申《まを》す　夏痩《や》せに　良しといふものそ　鰻《むなぎ》捕りめせ　（巻一六―三八五三）

痩す痩すも　生けらばあらむを　はたやはた　鰻を捕ると川《かは》に流るな　（巻一六―三八五四）

《石麻呂さんに、私はあえて申し上げます。夏痩せに良いという、ウナギを捕って召し上がれ。しかし待てよ。どんなに痩せていても生きていさえすればもうけ物。万が一、ウナギを捕ろうとして川に流されませんように。》

ウナギ万葉歌碑

犬養孝先生の好物はウナギ・豚カツ・ソバ、典型的な関東人であった。先生のお供で出かけた時には、昼食でよくウナ重をご馳走になった。

二〇〇七年十一月十五日、長野県千曲市《ちくま》に犬養先生揮毫による「鰻捕りめせ」万葉歌碑が建立された。場所は、地元でウナギ屋を営む合津長《ごうづつかさ》氏の自宅前庭。揮毫色紙は一九八八年に手渡されていたが、諸般の事情でなかなか実現できずにいた。先生の生誕百年、歿後九年に漸く建立したという。碑石は飯綱山《いいづなやま》の自然石。二〇〇八年五月十日には、歌碑の傍らに元、上山田《かみやまだ》町長の山崎尚夫氏筆による解説板も設置された。

千曲市（旧、上山田町）内には、犬養先生揮毫歌碑は合計六基となった。「千曲川萬葉公園」を散策すれば、東歌《あずまうた》の千曲乙女の純情を実感できよう。また、市街地西部の城山に登って荒砥《あらと》城跡の物見櫓《やぐら》に立てば、千曲川の流れを一望することができる。千曲川と言えば島崎藤村を連想する。先生は若き日に藤村に憧れ、小説家を夢見たこともあった。生前には講演などでしばしば上山田町を訪れ、川の辺に佇んだ。ウナギ万葉歌碑も、先生と千曲市との縁《えにし》を物語るモニュメントのひとつとなった。

二〇〇八年九月十三日、西宮神社会館において「犬養孝先生を偲ぶ会―十年祭―」が催された。直《なお》会《らい》の食事にはウナギがひと切れ付いた。

「神中」生への犬養書簡

旧制神奈川県立横浜第一中学校（現、希望ヶ丘高等学校）は、俊才が輩出した名門校であった。地域の人々からは「神中《じんちゅう》」と愛称された。

犬養孝先生は東京帝国大学卒業の前年に、父親を亡くしていた。大学院進学をあきらめ、藤村作教授の推薦で、未曾有の不況下の一九三二年六月に、神中教諭として着任した。

教え子たちは述懐する。先生の国語の授業は妥協を許さない厳しいものであった。予習として、第一に『広辞林』のようなまともな辞書を三種類ひく。第二に作者・作品について文学事典で調べ、最後に教材作品の構成、そして感想批評文を書く。予習をしなかった者は、武器を持たずして戦場に行くようなものだとして廊下に立たされた。文法の活用形の丸暗記は、中学一年から徹底的に叩きこまれた。

授業の傍ら講堂に希望生徒を集めて『土佐日記』『東関紀行』『雨月物語』などを講義し、実に多くの古典作品を完読していった。受験指導や問題演習などはいっさいなかった。

先生は毎回講義プリントを用意した。ガリ版で原紙を切り、謄写印刷したものだ。教え子たちは講義プリントを大切に持ち続けた。四種類が現存する。このうち藤本慶幸氏が『国語の栞』と先生に名

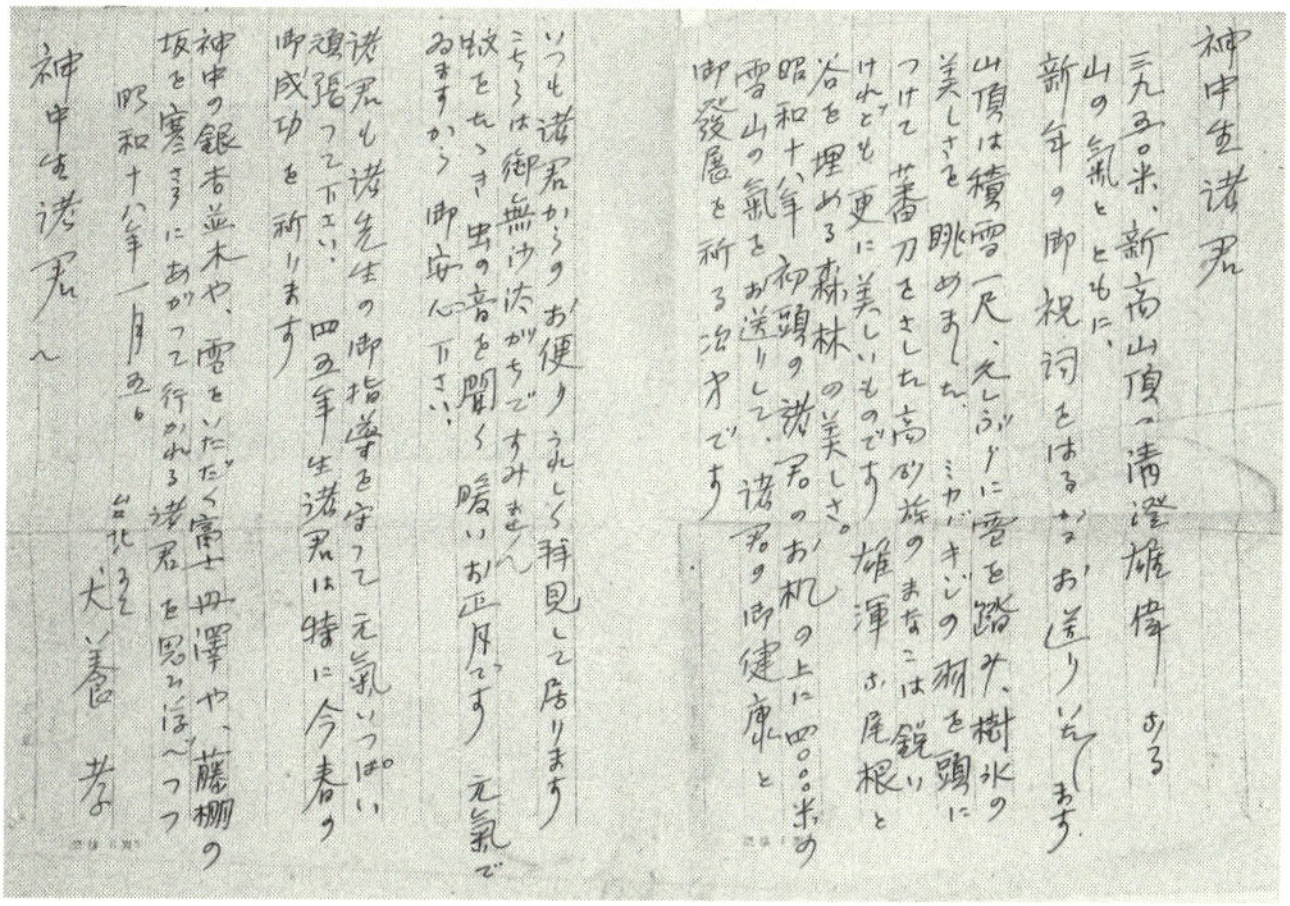
神中生諸君

三九五〇米、新高山頂の清澄雄偉なる
山の氣とともに、
新年の御祝詞をはるかにお送り致します
山頂は積雪一尺、久しぶりに雪を踏み、樹氷の
美しさを眺めました。ミカヅキいの樹を頭に
つけて蕃刀をさした高砂族のまなこは鋭い
けれども更に美しいものです 雄渾な尾根と
谷を埋める森林の美しさ。
昭和十八年初頭の諸君のお机の上に四〇〇〇米の
雪山の氣をお送りして、諸君の御健康と
御發展を祈る次才です

いつも諸君からのお便り嬉しく拝見して居ります
こちらは御無沙汰がちですみません
蚊をたたき虫の音を聞く暖いお正月です 元氣で
ゐますから御安心下さい。
諸君も諸先生の御指導を守って元氣いっぱい
頑張って下さい。四五年生諸君は特に今春の
御成功を祈ります
神中の銀杏並木や、雪をいただく富士丹澤や、藤棚の
坂を寒さにあがって行かれる諸君を思ひ浮べつつ
昭和十八年一月五日 台北にて 犬養孝
神中生諸君へ

「神中」生への犬養書簡

犬養書簡添付の写真・押し葉

づけてもらったプリント集は、神中四一期会（緑窓会）によって一九八九年に限定出版され、さらに翌年、財団法人桜蔭会から『犬養先生の国語の教室―神中時代―』として刊行された。

犬養先生は一九四二年一月、旧制台北高等学校教授となった。横浜駅のプラットホームは、先生夫妻を見送る神中生であふれかえった。生徒たちとの別れに涙して夫婦共々感慨にふけっていたが、ふと我に返ると、車窓から富士山の雄姿が目に映ったという。

先生が台湾から出した、一九四三年一月五日付けの書簡が残っている。書簡の上半分には「神中生諸君に華麗島の山気を贈る」と題して、「阿里山より新高主峯を望む」写真に同じアングルの絵葉書を添え、新高南山・新高主峯・新高東山の山名を書き込んである。

新高山は玉山《ユイ》（三九九七ｍ）であり、先生は阿里山《アーリー》（二四八一ｍ）に登って眺めたのだ。高山植物のコダマギク・カハカミウスユキソウ、さらに三枚のウリカエデの押し葉も添えられている。神中教師時代に日本アルプスを登り続けていた先生は、台湾でも高山に挑戦していたのだ。

書簡の最後には、「神中の銀杏並木や、雪をいただく富士丹沢や、藤棚の坂を寒そうにあがって行かれる諸君を思ひ浮べつつ」とある。

日本からの船便が着くたびごとに、神中生から数多くの郵便が届いた。一人ひとりに返事が書けないので、このような手紙をしばしば出したという。犬養先生は偉大な教育者でもあった。

高師の浜の松韻

堺市西区から高石市にかけての海浜は、こんにち浜寺公園となっている。かつての海岸線の沖合いには工場埋立地が広がり、その間の海は水路と化している。淡路島を遠望することはもはやできない。バラ園を抜けると、朽ち果てた和船が浜に見立てた砂地の上に放置されている。万葉の高師《たかし》の浜の風情というには、あまりにも哀しい。

公園の正面入り口に通じる、南海電車の駅舎は一九〇七年に建てられた。私鉄最古の現役駅舎である。奇しくも犬養孝先生と同い年であり、二〇〇七年に百年を迎えた。

二〇〇八年四月六日園内に、与謝野晶子の歌碑に向き合って、犬養先生揮毫の歌碑が移転設置された。松林に寄り添うように、歌碑は二本足の石棒の上に鎮座している。

大伴《おほとも》の　高師の浜の　松が根を　枕き寝《ぬ》れど　家《いへ》し偲はゆ

（巻一―六六）

《大伴の高師の浜の松の根を、枕にしていても、家のことが偲ばれる。》

作者の置始《おきそめの》東人《あずまひと》は、文武《もんむ》朝の宮廷歌人、伝未詳。

高師の浜万葉歌碑と副碑

この歌碑は、一九九二年四月十二日に成徳記念病院（高石市）の玄関前に除幕建立されたが、同病院の閉鎖建替えに伴い、二〇〇三年十月に泉北藤井病院（堺市南区）の駐車場に移転されてしまった。『万葉集』の愛好家たちは、高師の浜ならぬ泉北丘陵に移されたことを残念がった。

折しも二〇〇七年は犬養先生の生誕百年。「堺万葉歌碑の会」は六月三日、仁徳天皇陵古墳の西遊歩道沿いに、万葉歌碑を四基新たに建立した。除幕式のあとで、代表の沢田富美子さんに、「次は高師の浜の歌碑を年度内に再移転したいものですね。」と言ったところ、即座に「がんばってみます。」と力強い言葉が返ってきた。

沢田さんの行動は速かった。地元堺市と公園を管理している大阪府との交渉を続け、時間と競争しながら実現に漕ぎつけた。泉北藤井病院のご好意で歌碑は「堺万葉歌碑の会」が寄贈を受け、同会が堺市に寄贈するかたちとなった。阪神・淡路大震災以来、公園の構築物の安全性が問題とされるようになったので、泉北藤井病院が安定設置のために用いていた

二本足の石棒を、そのまま利用させていただいた。

私は副碑の撰文を急遽頼まれた。文末の日付は三月三十一日。移転式典は参加者の都合を考慮して、四月六日の日曜日に行なった。先生の生誕百年行事の掉尾《ちょうび》を飾った。

万葉故地も万葉歌碑も地域の人々に支えられてこそ、生命を持ち続ける。自由と自治の精神に満ちた堺の町衆の心意気である。先生の朗唱が、松韻の中に微かに聞こえてきた。

〔付記〕「堺万葉歌碑の会」に対して、堺市から二〇〇七年に「堺市景観賞特別賞」が、翌年には「感謝状」が授与され、さらに「緑化功労者」表彰がなされた。

味真野

越前市には、（佐々木）小次郎公園・和紙の里公園・花筺《かきょう》公園・紫式部《むらさきしきぶ》公園など、心惹《ひ》かれる名前をもつ公園が数多くある。しかし万葉ファンが必ず訪ねる場所は、越前の里・味真野《あじまの》苑である。市街地から南東へ約七km、継体《けいたい》天皇を祭る味真野神社に接して苑は東へ広がっている。

私は一九六八年三月、大阪大学万葉旅行で初めて味真野を訪れた。雪に覆《おお》われた田畑が、今立町《いまだて》（現、越前市）大滝まで続いていた。犬養孝先生の万葉歌朗唱は、神社の冷気を振わせた。社《やしろ》の軒先か

29　味真野

狭野弟上娘子万葉歌碑

中臣宅守万葉歌碑

らは冷たい雫がリズミカルに落ち続けた。学生たちは、この地に流された中臣宅守《なかとみのやかもり》の心中《しんちゅう》に思いを馳せた。

味真野苑は昭和四十七年から七年の歳月をかけて完成した。そして昭和五十五年に犬養先生揮毫の万葉歌碑二基が、せせらぎをはさんだ小丘の上に向き合って建立除幕された。

君が行く　道の長手を　繰り畳《たた》ね　焼き滅ぼさむ　天《あめ》の火もがも　狭野弟上娘子《さののおとがみおとめ》（巻一五―三七二四）

《あなたが流されていく長い道のりを、手繰り重ねて焼き滅ぼしてしまう、天の火があればよいのに。》

塵泥《ちりひぢ》の　数にもあらぬ　我故《われゆえ》に　思ひわぶらむ　妹《いも》が悲しさ　中臣宅守（巻一五―三七二七）

《塵や泥土のような数にも入らない私のような者のために、あなたが落胆しているであろうと思うと、あなたが愛《いと》しくてたまらない。》

娘子は激情をほとばしらせる。大蛇となって安珍を追いかける清姫を思い起こさせる、宅守はせつなさに胸つぶれんばかりに詠う。男性は内省することによって平静を装うのだ。

年月を経て、娘子の歌碑は今や苔生《こけむ》し自然石のようになった。雨上がりには苔の緑はいっそう鮮やかになり、埃《ほこり》が流された黒御影石の碑面は深みを増していく。それに対して宅守の歌碑は縦長のせい

か樹木が被《かぶ》さることもなく、今も背伸びをして奈良の都の方角を見つめているかのようである。

苑内には犬養先生が選んだ娘子・宅守の歌六首ずつを、西本願寺本『万葉集』による白文で刻した万葉歌碑二基も設置されている。正面入口付近には、歌を陽刻した銅版を嵌《は》め込んだモニュメントが立っている。「万葉館」には、二〇〇八年で十一回目を迎えた「あなたを想う恋のうた」募集の優秀短歌作品も展示されている。現代の高校生も娘子・宅守に劣らず、青春の想いを歌う。学校賞が設けられているのが良い。

苑内を一巡したら、小丸《こまる》城本丸跡まで「歴史の小道」を歩いてみよう。途中には白鳳《はくほう》中期に建立された野々宮《ののみや》廃寺跡もある。本丸で暫し涼風に吹かれていると、小学生が三人、元気よく駆け上がってきた。

夕浪千鳥

逢坂山を越えると眼前に琵琶湖が見えてくる。大和国中《くんなか》で生活していた万葉人は、その絶景に心動かされたことだろう。ましてや天武・持統朝期の人々にとって、先の大戦とも言うべき壬申の乱にまつわる大津宮の悲劇は、まだ遠い過去の物語ではなかった。

夕浪千鳥万葉歌碑

二〇〇八年三月十五日、ＪＲ西大津駅が大津京駅と改称された。このため歴史学研究者の間で議論が起こった。大津では藤原京や平城京のような条坊制は確認されておらず、通説では大津京の呼称を不適とする。

犬養孝先生が『万葉の旅（中巻）』（現代教養文庫、一九六四年）を著した頃には、宮の中心地や条坊プランをめぐって活発な論争がなされていた。そのため地名解説では「大津京址」南滋賀町説を支持し、他に滋賀里町説、錦織《にしこおり》町説があると記している。こんにちでは宮の中心地は錦織地区であったことが発掘調査によって判明しているので、『改訂新版 万葉の旅（中巻）』（平凡社ライブラリー、一九九四年）では、編集注記を付した。

地元の「淡海《おうみ》万葉の会」は結成十二年目の二〇〇八年、七基の万葉歌碑と一基の『懐風藻』の詩碑を建てた。会長で建碑実行委員長を務める日本画家の鈴木靖将《やすまさ》氏らの尽力による。あとまだ二基の歌碑を計画している。

十二月六日には犬養先生揮毫歌碑も除幕建立された。七十歳代前半に書かれた、色紙の墨書を用い

たものだ。

近江《あふみ》の海　夕浪《ゆふなみ》千鳥　汝《な》が鳴けば　心もしのに　古《いにしへ》思ほゆ　（巻三―二六六）

《近江の海の夕べの波に立ち騒ぐ千鳥よ。お前が鳴けば、心もしおれるほどに大津宮の頃が思われる。》

柿本《かきのもとの》人麻呂《ひとまろ》は湖畔で鳴く千鳥を見て、滅び去った近江朝廷、天智天皇や大友皇子を偲んだ。

歌碑は「びわ湖大津館」がある柳《やな》が崎《さき》湖畔公園の遊歩道沿い、河川法で立地が許されるぎりぎりの位置に建てられた。比良山系の白っぽい自然石の歌碑は二本足も付いて、シロチドリの形に似せている。歌碑のすぐ背後に夕浪が打ち寄せる。

除幕式は午後二時から約七〇名が参加して行なわれた。私は『万葉の旅』の「淡海の海」の一節を読み上げ、先生の近江に寄せる思いを語った。クラシックバレーを習っている姿勢の良い中学生のお嬢さん二人が、冷たい強風の中、万葉衣装を着て左右に立ってくださった。山本裕美さんのフルート演奏のあと、犬養先生の人形、イヌカイ君と一緒に除幕の紐を引いた。一同、犬養節による朗唱。続いて万葉衣装のテノール歌手、尾形光雄氏が原摩利彦《はらまりひこ》作曲「夕波千鳥」を何度も朗々と歌った。うす曇りの冬景色、湖面は波立っていた。

犬養先生は台湾で大日本帝国の瓦解を体験した。日本に引揚げてくると、男たちが円陣を組み、ズンドコ節を歌いながら乱舞しているのを目にした。これが、高市黒人《たけちのくろひと》が詠った「国つ御神《みかみ》」のうらさびた様だと実感した。地霊の心が荒廃すれば国土も荒廃する。先生は人麻呂や黒人の眼《まなこ》を通して、敗戦国日本、そしてご自分の過去と未来に思いを巡らせていたのだ。

「大阪大学万葉旅行の会」

〝萬葉は青春のいのち〟、これは犬養孝先生が晩年好んで口にした言葉である。「南都明日香ふれあいセンター　犬養万葉記念館」の門の傍らには、この言葉を揮毫した記念碑が立っている。

先生は若い学生たちと語り合い、万葉故地へ誘《いざな》うことを何よりの喜びとした。今は無き大阪大学教養部のロ号館大教室は五百人を超える受講生で埋まり、熱気のあまり女子学生が卒倒することもあった。

先生は『万葉集』の風土文芸学を研究テーマとされていたので、年六回万葉旅行を主宰して現地講義を行なった。

私が初めて参加したのは一九六七年五月十四日、第九六回山辺道《やまのべのみち》万葉旅行であった。泊瀬《はつせ》川はま

だ今日のような護岸工事がなされておらず、三輪山麓の道沿いには猪避《よ》けの電流線が錆びたまま放置されていた。

二回生になった時、先生から万葉旅行の委員にならないかと声かけられ、以来大学院を終えるまで八年間委員を続けた。そして先生が亡くなられるまで、〝書生〟の役を果たしてきた。

万葉旅行は正式には、一九五一年四月三十日の奈良北郊を第一回と数えるが、前史がある。これまでに刊行された各種記念誌には、そのことは記録されていないので、初代委員の尾木俊一郎氏に御教示いただいた。

犬養先生は一九四六年三月に台湾から引揚げ、その年の五月に旧制大阪高等学校の国語科講師、八月には教授に就任した。ところが大阪高等学校は一九五〇年に廃止され、大阪大学一般教養部南校（大阪市阿倍野区）となった。

「萬葉は青春のいのち」碑

当時一般教養部北校（旧制浪速高等学校の校舎）の学生であった尾木氏は、北校の教官に現地見学旅行をお願いしたところ、ご自分の高齢を理由に、南校の犬養先生を推薦した。そこで尾木氏は住吉区粉浜《こはま》の犬養邸を訪ねて、一九五〇年十月に飛鳥《あすか》万葉旅行を実現させた。続く十一月の南校主催の二上山《ふたがみやま》万葉旅行には、北

校生も参加した。

一九五一年度から先生は北校にも出講するようになり、ここに両校合同の万葉旅行が始まった。当初の主催者名は「大阪大学南北校生」であり、一九五二年三月の第六回木曾藤村旅行は「大阪大学南北校国文学講読の会」となっている。万葉旅行ではなかったからだ。

「大阪大学南北校万葉旅行の会」の名称が初めて登場するのは、この年十月の第一〇回河内飛鳥二上万葉旅行である。そして一九五三年七月の第一四回吉野宮滝万葉旅行から「大阪大学南北校万葉旅行の会・国文学講読の会」の名称が定着した。そして一九六〇年、南校は北校に統合された。

私が委員をしていたころのテキストは、発行所名が「大阪大学万葉旅行の会・国文学講読の会」となっていた。これまでの歴史が刻まれた名称である。

〝万葉旅行ドクター〟の中谷一氏は、一九五〇年七月十日、南校生を対象とした吉野宮滝万葉旅行に参加したという。これが前史のさらに前史である。

先生が大阪大学を退官された後、一般の人々の参加を募る目的で、名称を「犬養先生万葉旅行の会」に変えたが二年で元に戻った。先生が講師ではなく一参加者となった最初で最後、そして最期の旅行は、一九九八年六月十四日の第二六一回淡路万葉旅行であった。

それ以後も学生たちは万葉旅行を続けたが、二〇〇三年三月二日の第二七〇回飛鳥万葉旅行で歴史の幕を降ろした。因《ちな》みにこの時の講師は私が務めた。第四九期までの委員総数は一六七人、参加者総

数は四三、九一五人。他に八回の番外万葉旅行の参加者五一五人を数える。

万葉旅行の想い出は、参加者にとって人生の掛替えのない糧となった。「萬葉は青春のいのち」そのものである。

粉浜小舎

南海本線の粉浜駅界隈は戦災にあわなかったため、線路の高架工事以前は戦前の面影を残していた。犬養孝先生は一九四八年四月から西宮市に転居する一九七三年九月まで、住吉区粉浜《こはま》東之町三丁目八四（現、東粉浜二丁目二四）に住んでいた。現在は駐車場となっているが、当時は戦前に建てられた棟割長屋が南北一列に細長く並んでいた。

裏庭は線路際までハマユウが群落をなしていた。新宮市の孔島《くしま》から持ち帰った種を植えたところ、砂地で生育に適していたため、先生曰く、「大阪一の群落地」となってしまった。

住吉公園（現、住吉大社）駅行きの当時の各停電車は、複々線の東端の線路を走っていた。初めての訪問客は電車の窓から外を眺めていると、ハマユウが目印となりすぐに家が分かった。しかし誤って当時の普通電車に乗ると、粉浜駅には停まらないので住吉公園駅から一駅戻る破目になった。

粉浜小舎（画・吉本昌裕）

粉浜は文字通り細かい砂の浜。地名化して『万葉集』にも登場する。駅そばの高架下商店街東側の花壇の中に、犬養先生揮毫の万葉歌碑が立っている。

住吉《すみのえ》の　粉浜のしじみ　開《あ》けも見ず　隠《こも》りてのみや

恋《こ》ひ渡りなむ　（巻六―九九七）

《住吉の粉浜のシジミがしっかりと蓋《ふた》を閉じているように、思いを打ち明けもしないで、心に秘めたまま恋続けることであろうか。》

この歌碑は一九八四年七月七日、東粉浜社会福祉協議会によって建立除幕された。右横の解説板には、歌の読み下し文に続いて、次のように記されている。

「この歌は、天平六年（七三四）春三月、聖武天皇難波行幸の時の作者未詳の歌で、粉浜の美しい風土と人びとの奥ゆかしい心がうたわれたもので、粉浜の歴史を知り、風土の誇りを、永遠に伝えるため、大阪大学名誉教授犬養孝先生の揮毫により、この歌碑を建立した。」

江戸っ子の先生は、西鶴《さいかく》の世界が大阪に息づいていることに驚き、人情あふれる粉浜の町に強い愛

着を懐いた。

元旦には住吉大社に初詣をし、二日には明日香村へ年始に出かけたので、三日に卒業生や在校生が粉浜小舎に押しかけた。

一階には六畳の居間が一間、二階には七畳半の書庫兼書斎が一間。私が学生の頃二階は書籍で埋まり、座机の周囲だけしか自由に歩けなかった。中二階の四畳半は家具が詰め込まれていたので、入ることもできなかった。中二階の下の台所は天井が低いため、階段を三段降りる土間になっていた。土間の北端には埋められた井戸枠が半分残っていた。戦前に隣家と共同利用していた名残である。

狭い家の至る所に最大三〇人ぐらいが屯《たむろ》したこともあった。そして入れ替り立ち代り人がやってくる。談笑して万葉カルタを楽しみ、ぜんざいを食べて帰っていくのだ。

先生夫妻は一九四六年三月三十一日、台湾から紀伊田辺港に引揚げてきた。辰巳倉庫会社の持ち家であった粉浜小舎に落ち着くまでの事績は、これまでよく判らなかったが、旧制大阪高等学校卒業生の梶井達男・伊藤清助両氏の尽力によって糸口が見つかった。

先生はまず最初に、大谷女子専門学校教授の橘茂氏の豪邸（現、東住吉区東田辺一丁目四～六）に寄寓した。ところが料亭旅館へ改築されることになり、ここを出て河合俊明邸（大阪市立大学近くの住吉区杉本町番地不明）に一時寄寓し、まもなく粉浜に移った。

梶井氏は一九四八年三月に大阪高等学校を卒業したが、一九四六・四七年にはまだ万葉旅行はなか

ったと記憶している。犬養先生御自身、「大阪大学万葉旅行」の前史は計十数回（十二回か…筆者推定）あり、最初は飛鳥だったと述べている。

粉浜小舎は、先生が引揚げの辛苦を乗り越え、漸く落ち着いて万葉風土文芸学に取り組み、万葉旅行を始めた記念すべき場所であった。そしてここを訪れた学生たちにとっては、掛け替えのない想い出の場所となった。

西田公園万葉植物苑

阪急電車の夙川《しゅくがわ》駅で下車し、高架線路に沿って十分も歩くと、こんもりした緑の丘が見えてくる。西宮市は一九八八年五月、松が疎らに生えていた自然丘陵を活用して、西田公園万葉植物苑を創設した。

万葉植物七二種を集め、それぞれの植物には解説陶板が設置され、万葉歌、現在名、花期、実のなる時期、写真が刷り込まれている。西側のクロマツ林は「山のゾーン」、東側の小高い部分が「野のゾーン」、中央の公園管理棟やパーゴラのある所が「都のゾーン」となっており、それらを結ぶ「接合ゾーン」もある。

41　西田公園万葉植物苑

春苑桃花万葉歌碑

公園の中央、管理棟の入り口に向き合う位置に、犬養孝先生揮毫の万葉歌碑が立っている。

春の苑《その》　紅《くれなゐ》にほふ　桃の花　下照る道に　出《い》で立つ娘子《をとめ》　（巻一九―四一三九）

《春の苑に紅色に照り映えて咲いている桃の花。その木の下まで輝いている道に、立っている乙女よ。》

大伴《おおとも》家持《やかもち》が天平勝宝二（七五〇）年三月一日の夕方に、越中国で詠んだ歌である。色鮮やかな一幅《いっぷく》の樹下美人図を思わせる。犬養先生は万葉苑を寿《ことほ》ぎ、家持歌にご自身の思いを込めた。

過日、公園を訪れると、李《すもも》の花が満開だった。

我《わ》が園《その》の　李の花か　庭に散る　はだれの　未《いま》だ　残りたるかも　（巻一九―四一四〇）

《私の庭が白く見えるのは、李の花が散り敷いているからか、いや、まだうっすらと

積もった雪が消え残っているからか。》

家持が、先の「春苑桃歌」に続いて詠んだ歌である。

西田公園の丘は、高市黒人《たけちのくろひと》の歌（巻三―二七九）に出てくる名次山《なすきやま》丘陵の南端に位置している。古代は海が深く湾入し、丘の上からは西宮東口付近に海に突き出すように伸びていた「角《つの》の松原」が遠望できたことであろう。

阪急電車の線路はかつての汀《みぎわ》を走っている。阪神・淡路大震災の折、夙川駅東方の高架橋が倒壊した。地震波が丘で反射増幅したことが一因である。あらためて古代の地形に思いを馳せることとなった。

犬養先生は大阪市住吉区の粉浜《こはま》に長らく住んでいたが、南海電鉄本線の高架工事のため転居を余儀なくされ、一九七三年九月から一九九八年十月三日に逝去されるまで、西宮市今津山中町に住まいした。「津門《つと》」の地である。

万葉苑の開設に殊のほか尽力され、ここが人と鳥の憩いの場となることを願った。「春四月、植物苑の桃花が爛漫《らんまん》と咲き乱れ、植物苑の草木が、生き生きした春の生命をとりもどすならば、おのずと脚は万葉植物苑に向けてはこばれ、万葉のいぶきここにありと、来る年ごとに期待はふくらむのである。」（『犬養孝万葉歌碑』講談社野間教育研究所）。

西宮市は一九九〇年から北山緑化植物園を窓口として、「にしのみや万葉セミナー」を開催している。講師は犬養先生から清原和義《きよはらかつよし》先生に引き継がれ、そして一九九八年の第八回から私が担当している。二〇一一年三月には第二十一回目を迎え、最近では毎回約二五〇名を超える参加申し込みがある。犬養先生が蒔かれた西宮の〝万葉文化〟の種は芽生え成長し、来る年ごとに繁茂し続けている。

糸鹿のヤマザクラ

サクラ前線が弘前・函館まで上がっていくと、サクラの季節も終ったような気がするが、それはソメイヨシノを指標とする近代以降の刷り込まれた意識にすぎない。桜花《おうか》の木《こ》の下道を歩く新入生のイメージも同様である。

〝桜守〟の笹部《ささべ》新太郎は、日本古来のヤマザクラ・サトザクラを愛《め》でた。クローン植物のソメイヨシノとは異なり、樹木にはそれぞれ個性があって一斉に咲くことはない。笹部が開いた演習林の亦楽《えきらく》山荘では、四月中・下旬でも様々なサクラのお花見ができる。

『万葉集』にはヤマザクラが登場する。有田《ありだ》市糸我《いとが》町の得生寺《とくしょうじ》境内に、犬養孝先生が揮毫《きごう》したヤマザクラ万葉歌碑がある。

糸我万葉歌碑

足代《あて》過ぎて　糸鹿《いとが》の山の　桜花《さくらばな》　散らずあらなむ　帰《かへ》り
来るまで　（巻七―一二一二）

《足代を過ぎて糸鹿の山にさしかかった、その桜花よ、どうか散らずにいてほしい。私が帰り道に再び通るまで。》

作者は未詳、熊野街道を往来した都人の歌だ。

歌碑の除幕式は一九七二年五月十四日、中将姫《ちゅうじょうひめ》ゆかりの二十五菩薩練供養会式《ぼさつねりくようえしき》にあわせて行なわれた。以来毎年三月の最終日曜日、先生は学生たちと歌碑を訪ね、峠を越えて湯浅《ゆあさ》町の栖原《すはら》まで歩くことを常とした。

古道は糸我《いとが》王子神社跡を過ぎると登り坂となる。風に白花が舞うなか、万葉歌を繰り返し朗唱しながら登っていった。

地元の郷土史家で短歌誌『絲鹿《いとが》』を主宰していた谷口庄右衛《たにぐちしょううえ》門《もん》（号、糸我《いとが》宗圓《そうえん》）氏もよく同行され、峠の茶店跡で往古の賑わいぶりを語られた。泥棒に売上金が盗まれないよう、道をはさんだ石垣に銭穴をつくって隠したという。実際に石の一つをはずして銭穴

を見せてくれた。栖原の施無畏寺《せむいじ》まで歩くと、清水に一息ついた。サクラの背後に広がる湯浅湾を眺め続け、このまま動きたくない気分になった。紀伊路は山と海の両方の景色が楽しめる。夏蜜柑《みかん》が黄熟する秋にもよく歩いた。落ちている夏蜜柑を拾っていくと、リュックサックはすぐに一杯になった。

熊野古道が世界遺産になってから紀伊路を歩く人が増えた。万葉歌碑のすぐ前が駐車場となっていたため、歌碑の存在に気づかず素通りする人もでてきた。「糸我愛郷会」は歌碑移転を提案し、二〇〇八年四月十四日に歌碑本体の工事が完了した。その後、副碑に貼り付けられていた銅板（関係者氏名列記）は、歌碑の裏面に移され、歌碑の傍らには高札のような案内板も設置された。

私は御住職に、かつてのようにヤマザクラを歌碑の周囲にたくさん植えて欲しいとお願いした。先生の御霊《みたま》もきっとそのように望んでおられることだろう。ヤマザクラの花は淡紅白色ながら、花の裏面はひときわ白みが強い。その白さに万葉人も笹部新太郎も心ひかれたのである。

過日、藤沢周平の短編小説「山桜」を読んで、その映画を見た。野江が手塚弥一郎と偶然出会った場所は、傘のように枝をひろげたヤマザクラの下照る道であった。

『台湾万葉集』

万葉の　流れこの地に　留めむと　生命《いのち》のかぎり　短歌《うた》詠みゆかむ　　孤蓬万里

作者の本名は呉建堂。一九四二年四月、旧制台北高等学校に入学すると、一月二十六日に基隆に上陸して、着任したばかりの犬養孝先生との出会いが待っていた。

先生の着任の挨拶は約半時間、日本と台湾の風土の相違点を踏まえて、自己のカルチャーショックを熱弁した。生徒たちは何度も爆笑。あとで下川履信校長から「本校の生徒は笑わせてはいけない」と叱責され、以後の着任式では新任教員の挨拶がなくなった。当初、先生は国語の時間に様々な作品を講義していたが、やがて『万葉集』のみを講義することに、校長は同意した。

最初の授業が、『万葉集』巻頭の雄略天皇の歌であった学年もある。また別の学年では額田王《ぬかたのおおきみ》の、

熟田津《にきたつ》に　舟《ふな》乗りせむと　月待てば　潮《しほ》もかなひぬ　今は漕ぎ出《い》でな　　（巻一―八）

で始まることもあったという。スタートの清新溌剌とした気持ちを大切にするようにと、力説した。

自分も精一杯授業に取り組むから君たちも初心を忘れるな、共に大海に漕ぎ出していこうというのだ。
教え子の一人、呉建堂氏は医業を営むかたわら短歌に精進し、一九六六年に第一歌集『ステトと共に』を上梓した。ステトは聴診器のこと。翌年『老い母ありて』、翌々年『町医の日日に』と続けて刊行した。これらの歌集には、犬養先生が序文を寄せている。
呉氏らは一九六七年に台北短歌会（のち、台湾短歌会と改称）を発足させ、翌年歌誌『台北歌壇』を創刊した。そして一九八一年に随筆歌集『孤蓬万里半世紀』と台湾人歌集『花をこぼして』を出版した。

47　『台湾万葉集』

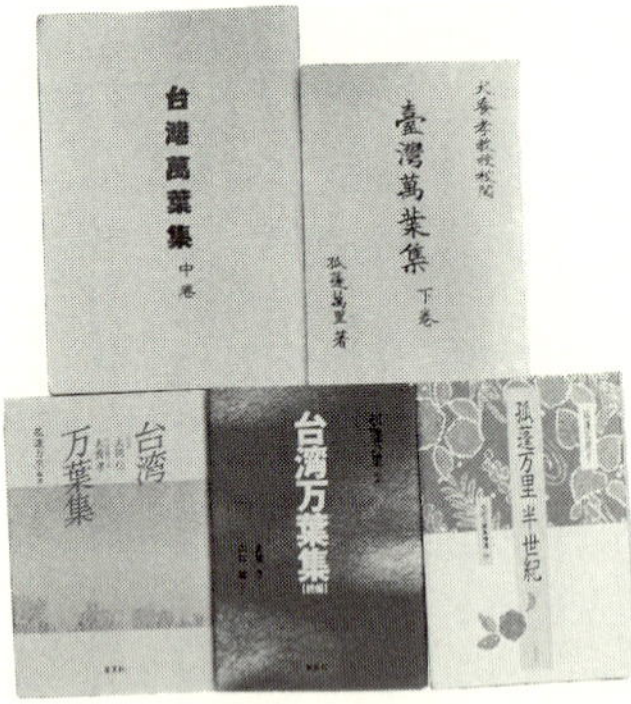

『台湾万葉集』

呉氏は「万葉の心は日本人特有のものでなく、ヒューマニティのある人たちの心に共通のものとして捉えた。蓬萊島に住む人々は現代の台湾の風土と生活に結びついた歌を作れば、台湾万葉集になるのではないかと解釈した。」これら二書を『台湾万葉集上巻』に見立て、七年後に『台湾万葉集中巻』を、さらに四年半後に『台湾万葉集下巻』を編纂刊行した。

台高に　犬養先生と　出逢《であ》ひしが　台湾万葉集　生みし
きつかけ
孤蓬万里

下巻は大岡信氏が「折々のうた」（『朝日新聞』連載）で取り上げてから話題を呼び、一九九四年に集英社から『台湾万葉集』として出版された。これには犬養先生の台湾版序文も収録されている。さらに一九九五年には上巻・中巻を合わせた「続編」が、一九九七年には『孤蓬万里半世紀・台湾万葉集補遺・付』が同じく集英社から出版された。

先生はこれら日本版への序文執筆を、新たに頼まれ快諾した。後者の執筆時には、脳梗塞の後遺症に苦しみながら渾身の力をふりしぼって原稿用紙に向かった。脱稿した時、私の手をとって「書けたよ」と、ただひと言の涙声になった。この文章が生前最後の直筆となった。以後は口述筆記の短文や、インタビューをまとめた記事ばかりである。

孤蓬万里は詠う。

万葉に　返れの信念　ゆるぎなし　国籍などに　関はりのなく

台湾・ハワイを結ぶ万葉歌

林宗毅《りんそうき》氏は犬養孝先生の旧制台北高等学校の教え子の一人である。氏は一九二三年、林本源家の嫡

男として台湾に生まれた。五世の祖の林応寅は乾隆四十三（一八七三）年に福建《ふっけん》省漳州《しょうしゅう》府から台湾に移り住み、三世の祖の林国華は大観義学という学問所を建てた。

犬養先生は着任した一九四二年から三年間、林氏の文科甲組の担任であった。『万葉集』の講義に、林氏は魅せられた。先生は軍国主義の時代に強調、膾炙《かいしゃ》されていた歌ではなく、人間の真情が輝く歌を紹介した。

林宗毅氏が犬養先生に贈った功牌

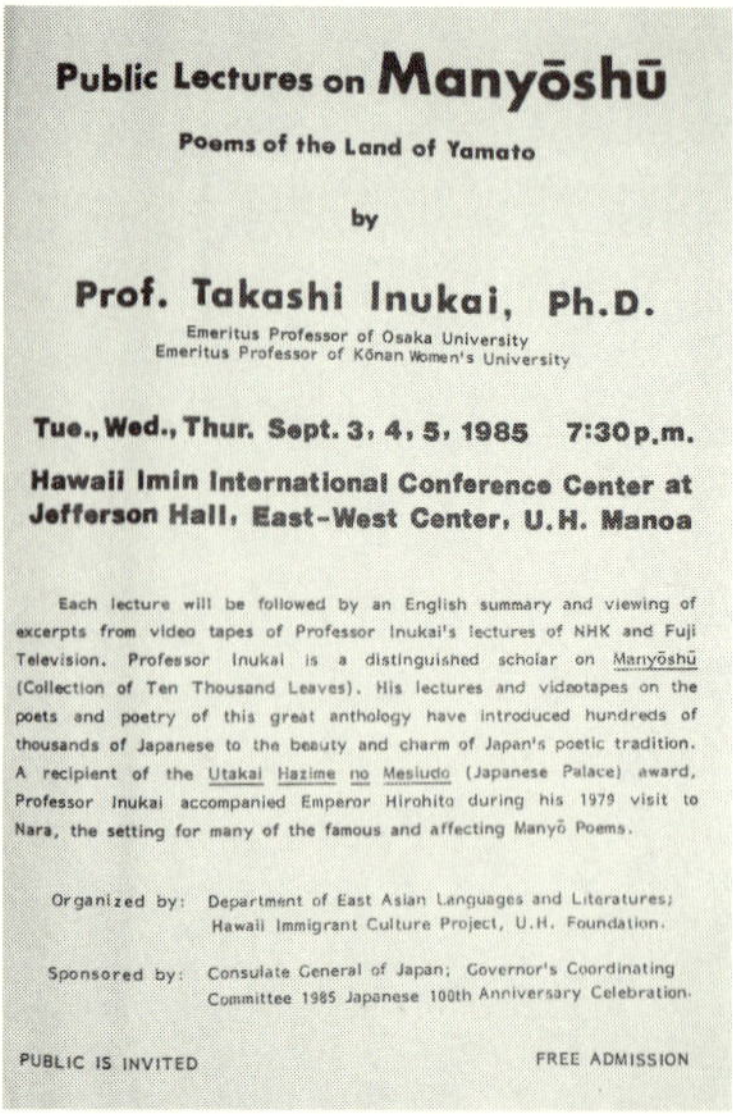

Public Lectures on Manyōshū

Poems of the Land of Yamato

by

Prof. Takashi Inukai, Ph.D.

Emeritus Professor of Osaka University
Emeritus Professor of Kōnan Women's University

Tue., Wed., Thur. Sept. 3, 4, 5, 1985　7:30p.m.

Hawaii Imin International Conference Center at Jefferson Hall, East-West Center, U.H. Manoa

Each lecture will be followed by an English summary and viewing of excerpts from video tapes of Professor Inukai's lectures of NHK and Fuji Television. Professor Inukai is a distinguished scholar on Manyōshū (Collection of Ten Thousand Leaves). His lectures and videotapes on the poets and poetry of this great anthology have introduced hundreds of thousands of Japanese to the beauty and charm of Japan's poetic tradition. A recipient of the Utakai Hazime no Mesiudo (Japanese Palace) award, Professor Inukai accompanied Emperor Hirohito during his 1979 visit to Nara, the setting for many of the famous and affecting Manyō Poems.

Organized by: Department of East Asian Languages and Literatures; Hawaii Immigrant Culture Project, U.H. Foundation.

Sponsored by: Consulate General of Japan; Governor's Coordinating Committee 1985 Japanese 100th Anniversary Celebration.

PUBLIC IS INVITED　FREE ADMISSION

ハワイ講演案内チラシ

霰《あられ》降り　鹿島《かしま》の神を　祈りつつ　皇御軍《すめらみくさ》士に　我《われ》は来《き》にしを　（巻二〇―四三七〇）

と詠った同じ防人が、

筑波嶺《つくはね》の　さ百合《ゆる》の花の　夜床《ゆとこ》にも　愛《かな》しけ妹《いも》そ　昼も愛しけ　（巻二〇―四三六九）

と詠ったことは、新鮮な驚きであったという。

林氏はのち台湾大学、東京大学大学院（英文学）に進まれた。短歌や俳句にも造詣が深く、歌集『美麗島』（一九九五年）・『スワン・ソング』（一九九八年）、句集『遅日』（一九九三年）・『青梅雨』（一九九八年）などを刊行されている。ついには日本に帰化して林宗毅《はやしむねたけ》となられた。氏は詠う。

五十年　犬養節を　聞きて来ぬ　出会ひとは　げに恩寵なり

いつの日か学恩に報いたいと思っていたところ、その機会がやってきた。一九八五年は、日本人のハワイ官約移民百年祭記念の年であった。林氏はアメリカ国籍の長男、セオドル・林氏とともに奔走し、ハワイ日系人のための講演会を実現させた。

先生はハワイ大学東アジア語文学部から招聘《しょうへい》され、東西センターのジェファソンホールで、同年九月三～五日の三日間「万葉集・講演」を行なった。テーマは恋愛（七首）・四季（四首）・旅（八首）。超満員の会場に先生の朗唱が響いた。万葉故地のビデオも映された。

英文の地元紙はその模様を、次のように伝える。「犬養氏は目を閉じ恍惚となって、頭をゆっくりと円を描くように動かしながら朗唱し、古代の叡智を偲ばせる」（筆者訳、以下同様）。

先生は言う。「言葉の壁があるため、『万葉集』を適切に翻訳することは難しい。…外国人が和歌を読んでも、失われてしまった音楽的側面を正しく捉《とら》えることは不可能です。しかし外国人が日本について知れば知るほど、少なくとも和歌の情感を捉えることは出来るでしょう。」

犬養節（オリジナル・ソング）は、聴衆を万葉世界に誘《いざな》った。特に次のような歌は、無生物にこめれた〝魂〟という日本人の心性にせまるものとして、ハワイの人々に感銘を与えた。

信濃《しなぬ》なる　千曲《ちぐま》の川《かは》の　細石《さざれし》も　君し踏みてば　玉と拾はむ　（巻一四―三四〇〇）

君が行《ゆ》く　海辺《うみへ》の宿に　霧立たば　我《あ》が立ち嘆く　息と知りませ　（巻一五―三五八〇）

万葉歌を英訳し、講演の英語要約を担当した、ミルドレッド・タハラ氏は、「歌を作る動機になった感動や精神性というものは人類に普遍的なものです」（地元新聞の日本語インタビュー）と述べてい

る。

講演直前の六月に白内障の手術をした犬養先生の眼《まなこ》には、ハワイの海山はあまりにも青かった。

黒潮よせる紀の海

和歌山県みなべ町の沖合いに、南北二島からなる無人島がある。犬養孝先生が生前、年に一度は必ず訪れた鹿島《かしま》である。周囲四km、原生林におおわれている。

三名部《みなべ》の浦　潮《しほ》な満ちそね　鹿島なる　釣する海人《あま》を　見て帰《かへ》り来《こ》む　（巻九―一六六九）

《三名部の浦に、潮よ満ちるな。鹿島で釣する海人を見て帰って来ようから。》

埴田《はねだ》崎の突端に立つと、黒潮よせる景観に心を躍らせた万葉人と同じような気持ちになってくる。一九六一年に犬養先生は漁船に乗って南部《みなべ》と鹿島の間の海の深さを測り、海底が隆起性の海砂であることを確認した。これ以後、鹿島にますます心ひかれた。

ところがみなべ町のすぐ南に位置する田辺市の万葉故地の話は一度もされなかった。私は不思議に

思ったが、やがて納得できた。

先生は一九四六年三月三十一日、台湾の基隆港から田辺の文里《もり》港に引揚げて来た。リバティ型輸送船に詰め込まれた苦しい船旅だった。沖合いに停泊した船からハシケに乗せられて上陸すると、いきなり頭にＤＤＴをかけられた。これほどの屈辱感はなかったという。

『引揚港田辺―海外引揚四十年記念』（紀南文化財研究会）を講演先で貰って帰った時、たまたま居合わせた私に、「こんな本は読みたくないから君が代わりに読んどいて。」と手渡された。田辺市湊の市民総合センターには「引揚港田辺資料室」が設置されており、「海外引揚者上陸記念碑」や「田辺引揚援護局本部跡」碑も市内にあるが、最近では訪れる人も稀になっている。

先生は戦時中の苦しく悲しい想い出を人前では絶対に話さなかったが、取材旅行にお供した時に呟いた。「太平洋には多くの教え子たちが眠っている。」美浜町の日ノ御埼《ひのみさき》からパノラマ風景を眺めていた時、耳にした言葉だ。黒潮が流れてくる先には台湾がある。

台湾時代、教え子が出撃の別れの挨拶に突然来たことがあった。

埴田崎より鹿島を望む

飛行機から必ず合図をするからと言って、時刻と場所を指定した。その時刻にその場所に行くと、一機の飛行機が高度を下げて旋回し、翼を左右に振りながら上昇して視界から消えていった。先生は溢《あふ》れる涙が止まらなかったという。

この話は十二月八日、粉浜《こはま》の先生の家から私が帰ろうとした時、玄関で「今日は太平洋戦争が始まった日ですね」と申し上げたとき、先生が「確かクロキという生徒だったかな」と呟くように、私に語った話である。

先生が昭和三十年代に執筆された論文や随想には、紀伊国にかかわるものが多い。万葉故地の紀の海は、台湾、そして戦争を思い出せる場所でもあった。

日《ひ》ノ御埼《みさき》に登ったあとは眼下に見える三尾《みお》の竜王神社に立ち寄ることを常とした。神社の境内にはタコの足のように気根を垂らした見事なアコウの木がある。先生は台湾のガジュマルの話をして、休憩時間が終っても、名残り惜しそうに見続けていた。

海ゆかば

また、八月十五日がやってきた。戦後生まれが人口の八割を占めるようになり、アジア・太平洋戦

争（当時の言葉でいう大東亜戦争）、さらに昭和という時代も歴史の追憶の対象となろうとしている。年月の隔たりを計算すると、現在の高校三年生が前《さき》の大戦に思いを馳せることは、団塊世代の私が高

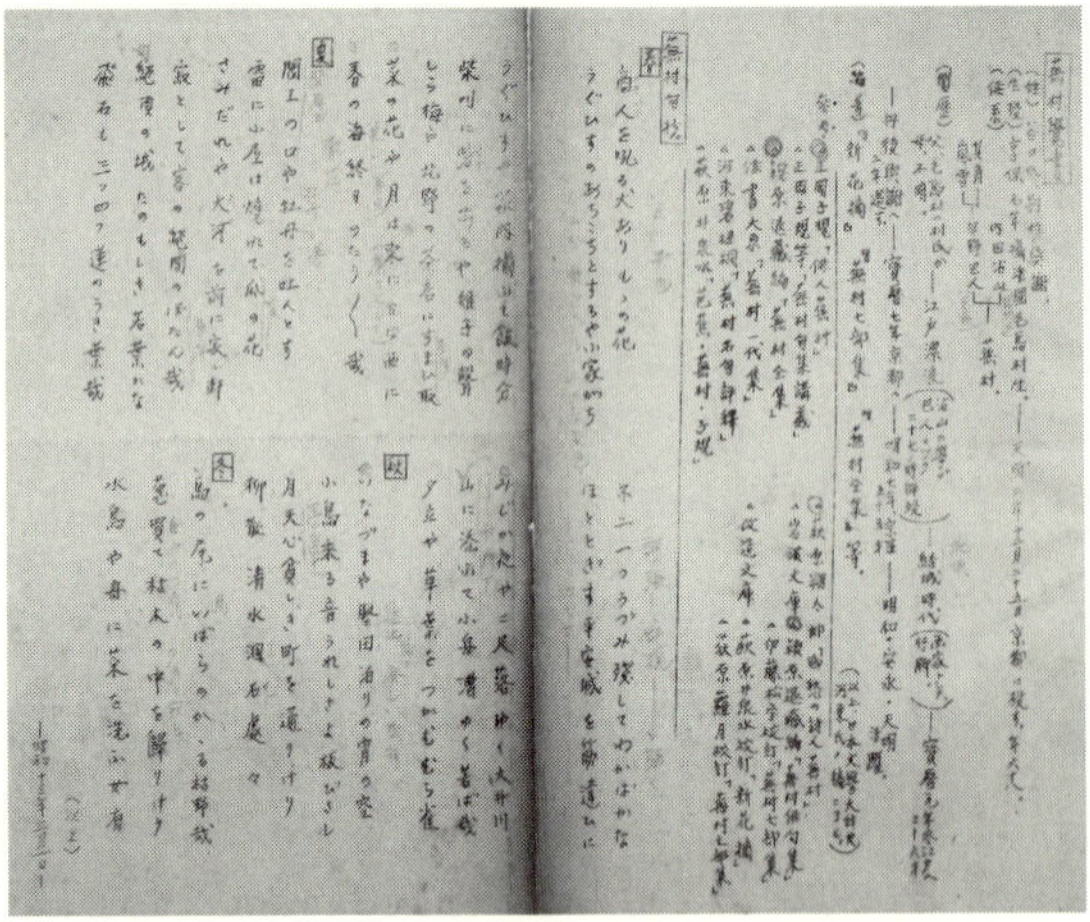

犬養授業プリント「蕪村覚書・句抄」（1938年）

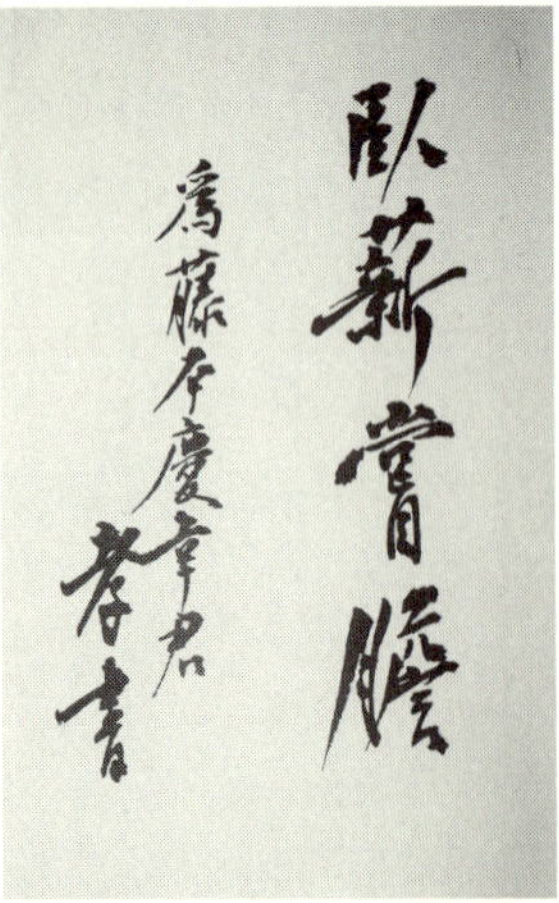

授業プリントに記された言葉
（藤本慶幸氏所蔵、1941年）

校三年生の時、歴史として日露戦争を学んだことにほぼ等しい。
戦時中に人々が鎮魂の調べとして最も耳にしたのは、次の『万葉集』の歌である。

海ゆかば　水《み》漬《づ》く屍《かばね》　山ゆかば　草生《む》す屍　大君《おほきみ》の　辺《へ》にこそ死なめ　顧《かへり》みはせじ

《海を行くなら水に漬かった屍、山を行くなら草が生えているような屍《しかばね》。そのように大君のお傍《そば》でこそ死のう。それで本望だ。我が身を顧みるようなことはすまい。》

これは大伴家持《おおとものやかもち》の長歌「陸奥《みちのく》の国に金《くがね》を出《い》だす詔書を賀《ほ》く歌」（巻一八―四〇九四）の一節である。東大寺の大仏鍍金に必要な砂金が陸奥国で発見されたので、聖武天皇はこれを喜んで宣命《せんみょう》（詔書）を発した。その中で古くから朝廷に仕えてきた大伴・佐伯《さえき》両氏の功績をたたえ、両氏が言い伝えてきた歌を引用した。家持はこれに感激し、宣命の「長閑《のど》には死なじ」を「顧みはせじ」と改変して、大伴氏の言立《ことだ》てを自歌に取り入れた。

「海ゆかば」の楽譜は海軍儀制曲、海軍喇叭《らっぱ》譜・陸軍喇叭譜、陸軍礼式曲などを含めて六種類が知られている（『復刻盤海行かば集』解説冊子）が、最も有名なものは一九三七年に信時潔が作曲し、のち準国歌扱いとなった「海ゆかば」である。
この歌を聴いていると、私は戦艦「大和《やまと》」の後部副砲指揮官として二十一歳で戦死した臼淵《うすぶち》磐《いわお》大

尉のことを思う。臼淵大尉は一九三九年に神奈川県立横浜第一中学校を四年で卒業し、海軍兵学校に進学した。中学校二・三年時の担任は犬養孝先生だった。臼淵少年は作文や詩作に優れた才能を示したので、将来文学者になるのではないかと、先生は思った。

中学・兵学校両校の後輩である大村一郎氏は、大尉の妹の汎子《ひろこ》さんと面談する機会を得て、一文を犬養万葉顕彰会機関誌『あすか風』第三二号（二〇〇六年三月）に投稿してくださった。大尉は妹宛ての手紙を数多く残しており、それに自分の読後感をこまめに記している。妹に推薦した与謝蕪村・伊良子清白・上田敏・三好達治、逆に自分が反発した松尾芭蕉・小林一茶・佐藤春夫・国木田独歩などの作品抄は、犬養先生のガリ版刷り手作り授業プリントに登場する。先生は万葉歌も参考文献付きで数多く講義しているが、「海ゆかば」の家持歌は教育的配慮のためか教材としては採用していない。

臼淵少年ら中学生たちは、教師を渾名《あだな》か呼び捨てにしたが、犬養教諭だけは特別に「犬養さん」と呼んだ。さん付けは最高の敬称だった（辺見じゅん『レクイエム・太平洋戦争』ＰＨＰ研究所）。

臼淵大尉を一躍有名にしたのは、吉田満が一九五二年に出版した『戦艦大和ノ最期』（創元社）に記したエピソードである。「大和」特攻出撃前夜、海軍兵学校出身の若手士官と学徒出身の若手士官が戦死の意義について激論した時、臼淵大尉は「進歩ノナイ者ハ決シテ勝タナイ　負ケテ目覚メル事ガ最上ノ道ダ…日本ノ新生ニ先駆ケテ散ル　マサニ本望ジャアナイカ」と言ったので、一同納得して決意を固めたという。大尉の発言については、吉田満の創作とする説もある。

一九八五年に発足した「海の墓標委員会」は、その年の七月三十一日、海底に眠る「大和」艦首の菊花紋章を発見した。しかし艦内を捜索した潜水艇は、「水漬く屍」はもとより遺骨すらも発見することはできなかった。

不破の関

伊吹山を車窓からしばらく眺めていると、電車はトンネルを抜けて関ヶ原の狭隘地にさしかかる。歴史ファンなら誰しも、徳川家康の東軍と石田三成の西軍が激突した大合戦を心に思い描くだろう。

関ヶ原の戦をさかのぼること九百二十八年、この地で、もう一つの戦いがあった。天武天皇元（六七二）年の壬申の乱である。大海人皇子（のちの天武天皇）は吉野を脱出し、逸《いち》早く不破《ふわ》の関を押さえ、野上《のがみ》に行宮《あんぐう》をかまえた。すぐ近くの桃配山《ももくばりやま》は、将兵に勝利を祈願して桃を配ったという伝説の地。家康がここに本陣を置いたのも地勢戦略によるものであるが、天下人になるため壬申の乱を意識していたのかもしれない。

石田三成が布陣したのは笹尾《ささお》山麓、北国脇往還が関ヶ原の盆地に出てくる好位置である。壬申の乱では、この道を通って近江軍の精兵が攻めてきたが、玉倉部邑《たまくらべのむら》（関ヶ原町玉《たま》か）で撃退された。

藤古川

関ヶ原には律令体制下の三関《さんげん》のうち、最も重要な不破の関が置かれていた。東山道の美濃《みの》国の出入り口に当たる。常陸《ひたち》国の防人《さきもり》は『万葉集』で、「荒《あら》し男《を》も　立しや憚《はばか》る　不破の関（どんな荒々しい男でも進みかねるという不破の関）」（巻二〇―四三七二）と詠っている。

関所址は一九七四年二月から一九七七年九月まで五次にわたって発掘され、資料館が建てられた。西は藤古川（関の藤川）が自然の防衛線となっており、他の三方位には土塁が築かれていた。

関ヶ原の戦では藤古川沿いのこの付近に、西軍の大谷吉継・戸田重政・平塚為広らが布陣し、南の下流域に布陣する東軍の藤堂高虎や、東の関ヶ原中心部に布陣する福島正則らに対峙した。激戦が展開するなか、松尾山で形勢をうかがっていた小早川秀秋の裏切りにあって西軍は総崩れとなった。

壬申の乱では、この地で戦闘がおこなわれたという記述は『日本書紀』には出てこない。しかし地元では、藤古川左岸の松尾集落は大海人皇子側につき、右岸の藤下《とうげ》集落は大友皇子側についたという伝説が残っている。両集落は敵対したので、通婚すると双方の家に災いが起こると信じられていた。このような話を、私は

通りすがりの老婆から聞いたことがある。

藤下の若宮八幡宮には敗者の大友皇子が祀られ、境内には皇子の『懐風藻』の漢詩碑が建立されている。また、自害ヶ峰の三本杉の巨木は皇子の首を埋めたと伝えられ、宮内庁が管理している。眼下の黒血川（山中川）は壬申の乱の戦闘で血に染まったという。関ヶ原の戦でおびただしい血が流れたことが、伝説を増幅させたのであろう。

かつては樹木が鬱蒼と茂って昼なお暗く、不気味な気配が漂っていたが、すぐ傍に新道がつくられて、山の一部が削られた。三本杉は太陽をまともに浴びるようになった。黒血川はコンクリートで固められてしまった。伝説も地域の文化財である。残念と言わざるをえない。

一方、松尾の井上神社には勝者の大海人皇子が祀られ、先祖が皇子に味方したことを誇りとする巨大な顕彰碑が境内に立っている。壬申の乱は身近な歴史として、地域社会に息づいている。

壬申の乱でも関ヶ原の戦でも、農民たちのある者は使役に駆り出され、ある者は難を逃れて遠望していたであろう。被害にあった民衆の声は史書には見えない。

「万葉の大和路を歩く会」では何度も壬申の乱ゆかりの地を訪ね、現地での講義を『壬申の乱をゆく』として一書にまとめたことがある。これには犬養孝先生の講演「万葉・壬申の乱」も収録されている。

古代と近世の大戦争の地は、東山道を往還する人々に繰り返し歴史の記憶を蘇らせる。

〔追記〕『壬申の乱をゆく』(万葉の大和路を歩く会、一九九八年)は、同会事務局(0742―44―0373)で販売している。

沙弥島

私は中学一年まで香川県の丸亀市に住んでいた。学校のすぐ南に聳《そび》える丸亀城(亀山)の本丸まで登って海を眺めると、塩飽《しわく》諸島のパノラマが展開する。西から東へ粟島・佐柳《さなぎ》島・高見島・下《しも》真島・広島・本島・牛島・上《かみ》真島・与島・沙弥《しゃみ》島が点在し、さらに視線を転ずれば、土器川の東に土器山(青ノ山)・飯野《いいの》山(讃岐富士)が続く。造物主の御業《みわざ》を思わずにはいられない。柿本《かきのもとの》人麻呂《ひとまろ》はこの自然美を、次のように詠った。

玉藻よし　讃岐の国は　国からか　見れども飽かぬ　神からか　ここだ貴《たふと》き　天地《あめつち》　日月《ひつき》と共に足り行《ゆ》かむ　神の御面《みおも》と　継ぎ来《きた》る……

(巻二―二二〇)

《玉藻よし讃岐の国は国柄のせいか、見ても見飽きることなく、神の性質のせいか、まことに貴い。天地と日月とともに満ち足りてゆくであろう、その神のお顔として神代から言い伝えてき

た…。》

これは「讃岐《さぬき》の狭岑《さみね》の島にして、石《いは》の中の死人《しにひと》を見て」作った長歌の一節である。

人麻呂が乗った船は「中の湊」から漕ぎ出したが突風に遭い、狭岑の島の東岸、ナカンダ浜に避難した。そこで荒磯に打ち上げられた水死者の遺体を見つけたのである。

中の湊は丸亀市中津の辺り、万象園《ばんしょうえん》の松林が今もわずかながら残っている。子供の頃、毎年海水浴に行った。現在は下真島のすぐそばまで埋め立てられてしまっている。狭岑の島も、坂出市沖の番《ばん》の洲《す》の埋立てで、一九六八年一月陸続きとなった。

柿本人麿碑

小学校二年生のとき、小さな漁船に乗って、丸亀城の外堀に続いていた東汐入川《しおいりがわ》（汐堀《しおぼり》）から、沖合い二㎞の無人島、上真島の恵比寿・弁財天の祠《ほこら》に参拝したことがある。小さな島の頂から真近に見た沙弥島を、今も覚えている。

この島が万葉の島であることは、犬養孝先生の講義を聴いて初めて知った。大阪大学教養部の口号館の大教室で、第八九回瀬戸内海万葉旅行の十六ミリフィルムの映像が講義中に映された。一九六六

年三月撮影。沙弥島はまだ島だった。

一行はチャーター船に乗って沙弥島の一本松の鼻をめざし、艀《はしけ》に分乗して上陸した。そして雨中、島を一周した。

時移り、第一〇七回瀬戸内海万葉旅行を一九六九年三月に実施しようとした。犬養先生と全行程の下見を行ない、テキストも完成させた。しかし大学紛争のため中止せざるをえず、幻の万葉旅行となってしまった。当時、島民はほとんど島を離れ、塩田も畑も雑草が茂り、海岸にはゴミが打ち寄せられ無残な光景と化していた。一九三六年に中河与一が建てた「柿本人麿碑」と、人麻呂岩は健在だった。

さらに時移り、瀬戸大橋の建設で、沙弥島は橋脚となって消滅してしまうのではないかと危惧された。これは杞憂におわった。地元の方々、全国の万葉ファンの願いがかなって、大橋は島の東沖に架けられた。

現在、島内に建築された沙弥小・中学校の児童・生徒たちは島を郷土の誇りとし、子ども樹木園も造られている。そこには五〇基の万葉歌碑が立っている。

大橋を通過する快速電車から眼下の島を見つめながら、私は〝犬養節〟で万葉歌を口ずさんだ。

妻もあらば　摘みて食げまし　佐美《さみ》の山　野の上《うへ》のうはぎ　過ぎにけらずや　（巻二―二二一）

《妻でもいたら摘んで食べもしよう佐美の山の野の上のヨメナは、盛りが過ぎてしまったではないか。》

タンチョウの里

蝦夷《えぞ》が島、北海道で詠まれた万葉歌はないが、札幌や岩見沢・旭川など、道内各地には『万葉集』を学ぶサークルが数多くある。犬養孝先生揮毫の万葉歌碑一四一基のうち、最北・最東に位置するものは、釧路市阿寒《あかん》町にある。

釧路《くしろ》駅前から阿寒バスに乗って市街地を抜け、大楽毛《おたのしけ》から国道二四〇号に入ると、進むほどに緑が周囲に増えてくる。阿寒町まで来ると、突然バスの中にタンチョウの鳴き声が放送で響き、びっくりした。ちょうど一時間で「丹頂の里」に到着。バスから降りたのは私だけだった。

万葉歌碑は「阿寒国際ツルセンター」の傍《そば》に立っている。

旅人の　宿りせむ野に　霜降らば　我《あ》が子羽ぐくめ　天《あめ》の鶴群《たづむら》
（巻九―一七九一）

《旅人が仮り寝する野に霜が降ったならば、我が子をお前の翼で覆ってやっておくれ。空を飛ぶ

ツルの群れよ。》

天の鶴群万葉歌碑・「タンチョウ愛護発祥の地」碑

この歌は、天平五（七三三）年の遣唐使船に乗った、我が子の無事を祈って母親が詠んだ。母親は自らツルとなって、常に見守り続けたいと思ったのだろう。帰路「四つの船」は遭難し、第四船は行方知れずとなった。母親は果たして我が子に再会できたであろうか。

この歌碑は一九九六年三月二日に、「阿寒町タンチョウ鶴愛護会」が建立除幕した。当日、一同まさに除幕しようと綱に手をかけた時、三羽のタンチョウが風に向かって翼を広げ、歌碑の真上で静止した。

歌碑の左前横には、犬養先生揮毫の「タンチョウ愛護発祥の地」碑も立っている。一九五〇年に人工給餌《きゅうじ》に成功し、以後タンチョウ愛護に生涯をささげた山崎定次郎氏らの活動を顕彰したものである。記念碑は三羽の親子ヅルが翼を広げた姿を表している。奇しくも除幕式の時に、三羽のタンチョウが静止したのである。建立当初は平原が借景となっていたが、現在は周囲に樹木が茂り、ネットで背後が覆われてしまっている。

『万葉集』には、〝鶴《たづ》〟は四六首に四七例登場する。現在日本には六種のツルが飛来するが、タンチョウのみ、北海道東部に棲息して繁殖している。

釧路湿原の南部は国立公園から外れているため、造成工事や道路工事が続いている。湿原再生のための公共事業は民有地では実施されず、ナショナル＝トラスト地においても国の支援は行なわれなくなったという。しかしトラスト地は心ある人々の協力で、二〇〇haを超えた。

ツルセンターの映像コーナーでは、アイヌ女性のタンチョウの踊りを何度も見続けた。両手を広げて羽ばたかせ、無心にツルになりきっていた。タンチョウはサルルンカムイ（湿地の神）である。野外飼育場では自然に近い状態で、タンチョウの姿を一年中いつでも見ることができる。傍《そば》まで行くと、タンチョウがもの珍しそうに近づいてきて、ひと声鳴いた。私が訪れた季節には、自然のタンチョウは湿原でまだ子育て中。心の中に雪原を飛翔するツルを思い描いた。

犬養先生は子どもの頃、東京の上野動物園のすぐ傍に住んでいたため、毎日ツルの鳴き声を聞いていた。そのうち首を大空に向け、空気を激しく出し入れする鳴き真似を会得した。

私は先生直伝の鳴き真似を、周囲に誰もいない湿原の中で実演してみた。タンチョウがどこかで聞いていたかもしれない。

愛媛・久万高原の万葉歌碑

犬養孝先生を慕う門下生たちは、今日も先生揮毫《きごう》の万葉歌碑を建立しようとしている。愛媛県上浮穴《かみうけな》郡《ぐん》久万《くま》高原町《こうげんちょう》大川《おおかわ》在住の松本伊沙子さんもその一人である。先生の歿後十年に、学恩と御人徳を偲んで歌碑建立を思いたち、自宅の前庭に実現した。

私は早く見に行きたいと思っていたが、多忙なためなかなか訪ねることができなかった。二〇〇九年の冬休みに思い切って、松山行きの夜行バスに飛び乗った。旅立つ八日前の十二月十八日には、大川集落に初雪が五cm積もったという。

JR松山駅まで松本さんが迎えに来てくださった。砥部町《とべちょう》を過ぎると国道三三号は登り坂となり、海抜七二〇mの三坂《みさか》峠を越えて久万高原町に入った。そして梨《なし》の下《さがり》から県道二一一号を行き、ようやく松本邸に到着した。松山駅前から約一時間かかった。

万葉歌碑は横七三cm、縦五〇cmの小振りの伊予《いよ》青石。磨かれた緑の面《おもて》に白字の白文が鮮やかに浮き出ている。

さわらび万葉歌碑

五衛門・嘉衛門の墓、山清水万葉歌碑（墓の背後）

石激
　垂見之上乃
　　左和良妣乃
　毛要出春尓
　　　成来鴨
　　　　孝書

石走《いはばし》る
垂水《たるみ》の上《うへ》の
さわらびの
萌《も》え出《い》づる春に
なりにけるかも

（巻八―一四一八）

《岩にぶつかってしぶきをあげて流れる滝のほとりのワラビが、芽を出す春になったことだ。》

作者は天智《てんじ》天皇の子、志貴皇子《しきのみこ》。犬養先生が新入生に贈る、最初の講義の万葉歌である。

ここ大川集落は平成の町村合併までは、美川《みかわ》村であった。物音ひとつしないこの山間《やまあい》にも、春になるとワラビが芽を出す。歌碑の裏面には「平成二十年十月建立」と刻されている。犬養先生の命日の十月三日に建立された。歌碑は大和《やまと》の方に向いている。先生揮毫の歌碑としては、第一三七基目に当る。

松本さんの出自である土居《どい》氏は、鎌倉時代に遡《さかのぼ》る伊予国の守護河野《こうの》氏の有力支族である。土居《どい》敬之介著『久万高原町　大川「土居家」』（土居三保太・キサ　孫の会、二〇〇八年）をいただいた。鎌倉・南北朝時代から戦国時代に至る歴史絵巻を味読した。

土居家の伝承によれば、天正二（一五七四）年に長曾我部元親《ちょうそかべもとちか》との合戦に敗れた折、手下の五衛門《ごえもん》と嘉衛門《かえもん》が捕らえられ、ほうじが峠で斬首されたという。その場所に案内していただいた。自動車を降りてから、雪道を登ること二十五分、海抜九〇〇m。杉が伸びるまでは、墓所から集落が一望できたという。

二人の墓の整備工事は、松本さんの弟の土居昌宜《どいまさよし》氏を中心に発案され、二〇〇九年七月中旬に起工、十一月十日に竣工した。墓は石で環状に囲われ、「五衛門・嘉衛門の墓」碑と解説副碑、そして松本さんが揮毫した伊予青石の万葉歌碑が建立された。

山振之　　山吹の
立儀足　　立ちよそひたる
山清水　　山清水《やましみづ》
酌尓雖行　汲みに行《ゆ》かめど
道之白鳴　道の知らなく

（巻二―一五八）

《ヤマブキが咲いている山の清水を汲みに行きたいが、そこへ行く道が分からない。》

高市皇子《たけちのみこ》が詠んだ挽歌である。歌碑の裏面には「平成二十二年《(ママ)》八月建立」と刻されている。二人の供養のために、お盆までに竣工させる想定であった。

峠の墓所は邪霊・疫神を拒む塞《さい》の神かもしれない。峠と里の二基の歌碑も、いといと後《のち》の世まで、大川集落を見守り続けていくことであろう。

千曲川の畔

学生時代、所属していた大阪大学混声合唱団の定期演奏会で、組曲「千曲《ちくま》川の水上《みなかみ》を恋うる歌」を歌うことになった。私は源流を訪ねたくなって、信濃《しなの》川上《かわかみ》に一泊した。早朝梓山《あずさやま》までバスに乗り、帰りの発車時刻に合わせて、行けるところまでひたすら歩いた。石ころだらけの川原も歩いてみた。

千曲の乙女は詠った。

信濃《しなぬ》なる　千曲《ちぐま》の川《かは》の　細石《さざれし》も　君し踏みてば　玉と拾はむ
（巻一四―三四〇〇）
《信濃《しなの》の千曲川の小石だって、愛《いと》しいあなたが踏んだなら、玉と思って拾いましょう。》

千曲川万葉歌碑（移転先の千曲川萬葉公園）

川幅も道幅も次第に狭くなり、私の足音だけが響いていた。甲武信《こぶし》ヶ岳《たけ》の源流標までは行けなかったが、苔伝う水の滴りを心に描いて引き返した。

さらに数日掛けて佐久《さく》・小諸《こもろ》・上田を巡り、最後に篠《しの》ノ井《い》線の姨捨《おばすて》駅で途中下車した。長蛇のような千曲川を眺めていると、やがて戸倉・上山田の温泉街にぽつりぽつりと明かりが灯ってきた。「田毎《たごと》の月」を眺めようと待っていたが、蒸気機関車が喘《あえ》ぎ喘ぎ坂を上ってきたので、暮れなずむ絶景に別れを告げた。

時移り一九八五年四月、上山田町（現、千曲市）合併三十周年を記念し、山崎尚夫町長の御尽力によって、犬養孝先生揮毫の万葉歌碑が「千曲川萬葉公園」に建立された。

中麻《なかま》奈《な》に　浮き居《を》る舟の　漕ぎ出なば　逢《あ》ふこと難《かた》し
今日《けふ》にしあらずは　（巻一四―三四〇一）

《川の中洲に浮いている船が漕ぎ出して行ったなら、もう二度と逢えなくなるだろう。今日とい

う日に逢わなければ。》

また翌年九月には、この歌碑から徒歩五分、佐久屋《さくや》旅館の玄関前の駐車場の一角に「千曲の川の細石《さざれし》」の万葉歌碑が建立された。この歌の「左射禮思母《さざれしも》」「伎弥之布美氏婆《きみしふみてば》」には、母と婆の万葉仮名が用いられている。母も婆も女性ということで、試し彫りの歌碑は廃棄するに忍びず、女風呂に設置された。これには「孝書」の署名箇所が省略されている。

二〇〇三年八月三十日、犬養万葉顕彰会は総勢八一名で佐久屋に宿泊した。貸切であったため、男性も時間を決めて女風呂に入れたので、試し彫りの歌碑を観賞することができた。宴席には山崎氏も加わり、犬養先生や万葉歌碑の想い出に話が弾んだ。先生の御霊《みたま》も、「御一行様」に含まれていたのである。

「萬葉の宿　佐久屋」は諸般の事情で、二〇〇九年十月末に九十年の歴史を閉じた。挨拶状には「お許しいただけるならば佐久屋の姿を皆様の尊い人生の想い出の中に納めて下されば嬉しく存じます。」とあった。

玄関横の歌碑は二〇一〇年三月三十日に、「千曲川萬葉公園」へ移設された。そこには犬養先生の恩師、佐佐木《ささき》信綱《のぶつな》氏の「千曲の川の細石」の万葉歌碑が一九五〇年に建立されている。師弟の歌碑が会することになった。女風呂の試し彫りの歌碑は剝がして移設することができないので、次の施設に

受け継がれる。
今度は雪を冠った歌碑を訪ね、千曲川の畔を散策したいものだ。

高橋虫麻呂の筑波山歌

関東平野に突き出た聖山の筑波山は、女体山《にょたい》と男体山《なんたい》の二峰からなる。『常陸《ひたち》国風土記』によれば、春秋に男女が集い歌垣《かがい》を楽しんだという。
石岡市にあった国府に赴任していた高橋《たかはしの》虫麻呂《むしまろ》は、幾度か筑波山に登った。

草枕　旅の憂へを　慰もる　こともありやと　筑波嶺《つくはね》に　登りて見れば　尾花《をばな》散る　師付《しづく》の田居《たゐ》に　雁《かり》がねも　寒く来鳴きぬ　新治《にひはり》の　鳥羽《とば》の淡海《あふみ》も　秋風に　白波立ちぬ　筑波嶺の　良けくを見れば　長き日に　思ひ積み来し　憂へは止みぬ　（巻九―一七五七）

ススキが散り、雁がやって来て寒々と鳴き、湖に白波が立つ晩秋の良い景色を追体験するため、私は学生時代に初めて筑波山に登った。東京駅で一夜を明かし、常磐線の始発列車に乗って、石岡駅で

降りた。駅前の小さな食堂に入ると、奥さんが話しかけてきた。戦前、小学校の修学旅行で石岡から筑波山まで歩き、一泊して戻ってきたという。

筑波山万葉歌碑

「新治郡家之址」碑

私も恋瀬川《こいせ》（もとの信筑川《しづく》）沿いに上志筑《かみしづく》までをまず目標に歩いた。中志筑の湿田には条里制の遺構があり、「鹿島やわら」と称する場所には一九六九年に「旧跡　師付之田井」碑が建てられた。ススキはすでに散ってしまっていた。筑波山が青空の下にくっきりと見えた。

たまたま誰も乗っていない路線バスがやってきたので、それに飛び乗ると、筑波山中腹のロープウェイ乗り場まで行ってしまった。筑波山に近づくほどに激しい上昇気流が雲となり、雨も降ってきて山全体が見えなくなった。「男神《ひこかみ》に　雲立ち上《のぼ》り　しぐれ降り」（巻九―一七六〇）を実感した。山頂は視界一ｍ以下だった。小貝川と毛野川《けぬ》（鬼怒川《きぬ》）の合流点付近にあった「新治の鳥羽の淡海」は、この時は眺めることはできなかった。一八八九年から一九五四年まであった鳥羽村や騰波《とば》ノ江《え》村は、この沼沢の名称に由来して命名された。

また、古代の新治郡は現、桜川市南部や筑西市・下妻市などにあたり、文禄《ぶんろく》以後の改訂による新治郡（現在消滅）とは場所が異なる。防人の徴集にかかわった新治郡衙は、筑西市古郡《ふるごおり》にあった。一九三九年に、茨城女子師範学校に奉職していた高井悌三郎と地元の藤田清の両氏は、一九三九年に新治廃寺跡を、そして一九四一年、四三年に郡衙跡を発掘調査した。その結果、『日本後紀』弘仁八（八一七）年に記載されている不動倉十三棟の火災焼失が確認された。遺跡一帯は今は「新桑繭《にひぐはまよ》」（巻一四―三三五〇）の桑畑ではなく、水田が広がる。

若者が戦地に赴き、銃後の老人と女性が野良仕事に励んでいた新治の地で、高井先生は学問の在り

方を自らに問いかけながら発掘調査を続けられた。先生は戦後、私の勤務校の甲陽学院の教諭、そして辰馬考古資料館の初代館長となられた。

さて、その後も私は何度か筑波山に登った。そのたびごとに新治・筑波の風土が高橋虫麻呂の心情に与えた影響を思わずにはいられない。

犬養孝先生は「孤愁の人」虫麻呂論を提唱した。「筑波山に登る歌」に加えて「霍公鳥《ほととぎす》を詠む」(巻九―一七五五・五六)などの万葉歌をもとに、虫麻呂は自らの本心を包み隠す自己韜晦《とうかい》の人、ロマンティストであると力説した。虫麻呂は先生が最も好んだ歌人である。私は思う、犬養先生の高橋虫麻呂論は、犬養孝論そのものであると。

関東大震災の想い出――犬養孝先生に聞く

一九九三年は関東大震災から七十周年にあたり、東京都江東区総合区民センターにおける「関東大震災七十周年記念集会」(八月二十八・二十九日)を始め、様々な記念行事が催された。横浜開港資料館の「関東大震災と横浜」展(七月十七日〜十月二十四日)や、新聞文化資料館の「関東大震災から七十年―新聞資料展」(大阪府中河内府民センター、八月二十三日〜九月三日)なども興味深かった。

関東大震災の時、犬養孝先生は京華中学校の四年生、下谷区谷中清水町一番地（現、台東区池之端三丁目一番地）に居住していた。すでに『わが人生　阿蘇の噴煙』（大阪市民大学センター、一九九八年、八〇～八五頁）の中で、大震災の想いでを簡潔に語っているが、改めてその頃を話を聞く機会を得た。まず最初に『大正震災誌寫眞帖』（内務省社会局、一九二六年）の復刻版である『写真集・関東大震災』（春秋社、一九八七年）を見ていただいた。先生は涙を流しながら、「かわいそうで見ていられないよ。」と呟いた。

一九二三年九月一日、この日は二学期の始業式。空は青く快々晴。大変暑い日だった。明日から授業が始まるので、「大火事か地震でも起これぱいいのになあ、学校へ行くのは嫌だなあ。」と、前日、友人と冗談を言い合った。昼食まで時間があったので、茶の間の隣の八畳間で寝転んで新聞を読んでいた。厳しい父親が家に居ると、寝転ぶのはもってのほか、きちんと座って新聞を読まなければならなかったが、これ幸いとのんびりとした気持ちでいた。十一時五十八分四十四秒、突然地震に襲われた。最初に地面が一尺ほど突き上がる感じから始まった。柱は対角線に左右に揺れた。玄関部屋まで這っていき、電話台の柱棒に何とか摑まり、揺れが収まるのを待った。我に返ると、母・二人の姉・二人の妹・弟の六人も玄関部屋にいることに気がついた。思う間もなくガシャーンという音と同時に砂塵濛濛として、一寸先も見えなくなった。二階の天井が瓦ごとすべてずり落ちたのである。揺れと同時にあわてて外に飛び出していたら、瓦の直撃を受けていただろう。

最初の大きな揺れが収まってから外に出てみると、道路で人々は何をすることもなく、わめきながらただ右往左往するばかりだった。パニック状態のところを余震が襲った。犬養先生は人間の断末魔の姿を目の当たりにする思いがしたという。家に戻って二階に恐る恐る上がると、青空が眼に映った。上野公園の南東方向を見ると黒煙が昇っていた。原子爆弾が落ちたときのようなキノコ雲が、次から次へともくもくと盛り上がっていった。上野公園付近はまだ火事の心配がなかったので、家から即逃げようとは思わなかった。夜になると蒲団と蚊帳を持って近くの護国院の境内に行き、墓場の脇の木に蚊帳を吊って眠ることにした。本堂の南裏手の空は真っ赤だった。その頃下町では猛火が拡がっていたのである。蚊帳の中で横になっていると、下町から逃げてきた人々の、誰々さぁんという人捜しの絶叫があちこちから聞こえてきた。

当時犬養邸の裏には別棟があり、そこには自転車に轢かれて足が不自由になった祖母が住んでいた。祖母も一緒に上野の山に逃げていた。翌二日の午前十時頃に一度壊れた家に帰った。家からは猛火に包まれた東京帝国大学の校舎がよく見えた。寺に引き返すと、祖母が弱ってきたので田端《たばた》の知人宅に預けに行くことになった。十一時頃、犬養先生は両手に松葉杖を持ちながら祖母を背負って護国院を出発した。下町から逃げてくる人で町は騒然とし、道路は人と人とが擦れ違うこともできないほどだった。本郷通りを一〇〇mほど行っては休み、また一〇〇mほど行っては休みしながら必死の思いで歩いた。午後五時頃に巣鴨まで来た。普段なら一時間で歩けるのに、何と六時間もかかった。『写真

集・関東大震災』二二頁には、本郷切通しを逃げていく人々の写真が載っている。荷車を牽く人、自転車に乗っている人、徒歩で逃げる人で大混雑である。先生が眼にした通りの家は、十軒に一軒の割合で全壊していたという。

犬養先生はこの時の体験を、第五高等学校の学生時代に、「秋刀魚」（『龍南』第二〇一号、一九二七年。『萬葉とともに　上巻』犬養先生の喜寿を祝う会、一九八四年所収）と題する私小説のなかで、次のように記している。

最初の一揺れが終って辛うじて潰れることを免ぬがれたこの家から、簞笥の傍に蒲団を冠っていたおかつ（祖母…筆者注）をおぶい出して、その翌日の夕、後に一面の火を負ひながら避難の人達に慰められ励まされて、巣鴨まで不具のおかつをおぶって行ったことが淳（犬養先生のこと…筆者注）に思ひ出された。火柱は夕方の空をまっ赤に彩って幾筋も上ってゐた。夕闇は容赦もなく襲って来た。淳は尻をはしょってゐた。おかつは頬冠りをして淳の背にのってゐた。物凄い地鳴りが来る度に、人々は泣き喚き最後の瞬間を描いて戦慄いた。淳は一足一足と崩壊した家の間を分けて、泣き叫ぶ子供を抱いた人の後につき、棒っちぎれ持って跛をひく男の後について歩いた。

また、「彼とその祖母」（『龍南』第一九七号、一九二六年。『萬葉とともに　上巻』所収）にも、祖母を背負って逃げたことが簡潔に記されている。

巣鴨まで来ると、見知らぬ人力車夫が祖母を背負った犬養孝少年を憐れと思ったのか、親切にも祖母を人力車に乗せて田端まで送ってくれた。後で祖母に聞くと、人力車はなかなか進むことができず、田端に着いたのは夜中であったという。

祖母を人力車夫に託した犬養先生は、もと来た道を引き返し我が家に向かった。ところが誰一人同じ方向に歩く人はいなかった。擦れ違う人々に「火が燃えている方向に行くなんて、お前は馬鹿だ、馬鹿だ。」と何度も言われた。逆行するには意地がいったと、先生は私に語った。

夕方六時頃に漸く家に帰り着いた。御飯をいれた櫃を二つ重ねて背負い、家族が避難している護国院に戻ろうとした時、突然余震が襲った。危ないと思った瞬間、腕を握られた。それは皇居から我が家の状況を初めて見に帰った父であった。宮内省に勤めていたため、九月一日にはすぐに帰宅することができなかった。犬養先生から事情を聞いた父は、護国院の家族に会おうともせず、すぐに歩いて皇居に戻っていった。天皇に仕える宮内官としては当然のこと、父は家族よりも天皇様のほうが大切なのだと、子供心に思った。

当時父親は谷中清水町の町内会長をしていたが、皇居に出勤していたため震災後も家にはいなかった。二日以後は一週間ほど経って帰宅した。また副会長は上田萬年《かずとし》氏であったが、国語学者で多忙な

うえ世事には疎く、町内会の仕事には全く関わらなかった。怒った町内の人々が、震災後十日ほど経って会長の犬養邸に抗議に押しかけて来た。町会長は会長としての仕事を何もしていないと、口々に罵られた。黙って耐えるしかなかった。

さて、二日の晩も護国院の境内に寝泊りすることになった。この日の夕方頃から朝鮮人が放火投毒して暴動を起こしている、数千人もの朝鮮人が攻めて来るという流言飛語が、上野でもしきりに耳に入ってきた。そのため朝鮮人を殺せという殺気だった雰囲気になってきた。朝鮮人かどうか識別するため、アイウエオ…と、五十音を言わせるのが一番良いということになり、上野の山に逃げて来る人々を自警団が尋問していった。このため身動きができないほどの大混雑となった。発音が悪いと判断された人は、自警団にどこかに連れて行かれた。犬養先生は、自警団による朝鮮人虐殺は目撃していない。犬養邸に出入りしていた青年書生たちは、家に置いてあった十振りほどの日本刀を勝手に持ち出した。犬養家は江戸時代、秋田藩の江戸詰めの武士であったため、家には先祖伝来の日本刀があった。上野の山では、朝鮮人を殺すのは日本のためだ、東京のためだという言葉が飛び交った。犬養先生も書生たちに尋問の手伝いを強要された。何て乱暴なことか、嫌でたまらなかったが、批判や反対できる雰囲気ではなかったという。

翌三日は終日、下町から逃げて来る人と、自警団の尋問とで、上野の山は混雑が続いた。このような状況は五日まで続いた。三日の晩は一人だけ家に戻り、ゲートルを巻いて靴を履いたまま縁側で眠

った。余震が起きたらすぐに家から跳び出すためである。やがて父を除く家族も家に戻って来たが、とても住める状態ではないので、家族は小石川林町の別宅に引っ越した。孝少年は留守番役としてただ一人、翌年の一月まで谷中清水町の自宅に留まった。御飯は自分で炊いて佃煮をおかずにした。師走になると町の通りにキンツバ売りが出始め、これを買うのが楽しみだった。甘いものに飢えていたのだ。

地震後十日ほど経ってから、家の修理を頼むため、父に言われて向島に住んでいた出入りの大工の家に出かけた。浅草通りを東へ歩いて行くと、路面電車何輛も停車している場所で骨組みだけを残して焼け焦げていた。隅田川の吾妻橋を渡ろうとすると、橋の下は膨れ上がった遺体で一杯だった。堤防沿いに向島まで歩いて行くと、桜並木に帯や紐で身体を結びつけた水死体を幾つも眼にした。死臭の中を歩くのは大変な苦行であった。大工の家は燃えずに無事だった。二週間後に大工がやって来て、とりあえず壊れた二階の屋根にシートを掛けてもらった。結局本格的な修理は諦めて土地建物を売却し、犬養先生も林町の家族の許に移った。谷中清水町の犬養邸があった場所は現在ホテルとなっているが、玄関先にあった泰山木は大きく成長して残っている。

九月二十五日、東京物理学校で授業再開。十月の初め、登校して来なかった本所や深川に住む級友の安否確認のため、五人一組となって手分けして家を訪ね歩き、付近の生き残った人に消息を尋ねた。誰某は何処何処の橋の下にいたとか、被服廠跡にいたとかということを聞くと、その付近で家族と共

に亡くなったのだと判断して、学校に報告した。級友約五〇人のうち五人ほどが亡くなっていた。この時に被服廠跡にも行った。白骨化した遺体の山にはシートが掛けられていたが、どの山の周りにも脂が滲み出て池のようになり、そこには無数のハエが一面真っ黒になるほどたかっていた。これほどの惨状を見ると、ただ驚嘆するばかりで悲しみの感情は湧いてこなかったと述懐された。これ以後先生は、生前一度も被服廠跡には行かなかった。いや、とても行けなかった。行けば当時の記憶が生々しく甦るからだと言われた。聞き書きをしていると、先生はしだいに涙声になっていった。

関東大震災の十日前の夏休みに、先生は三浦半島に住んでいた祖母を尋ねて、神奈川県三浦郡北下《きたした》浦《うら》村字長沢《ながさわ》（現、横須賀市長沢）へ行った。先生は新学期が近づいたので自宅に戻ったが、九月一日の時点で、まだそこに留まっていた親類の人に、後で次のような話を聞いた。地震とともに海が後退して海底の岩が海上に露出し、津波が押し寄せてきた。地震前に砂浜が以前よりも後退していたので、犬養先生は不思議に思っていたが、地震後には海底が隆起した。この話は山陰万葉旅行で島根県那賀郡国府町唐鐘《とうがね》（現、浜田市国分寺唐鐘）の千畳敷に行く度ごとに、何度も熱弁された。千畳敷は一八七四年の浜田地震で隆起した。しだいに沈降していき、次の大地震でまた隆起するという。

御茶ノ水にあった京華中学校の校舎は焼けてしまったので、牛込の東京物理学校の校舎を借りて、先生が卒業するまで授業はそこで行なわれた。

犬養先生一家は比較的安全な上野の山の一画に住んでいた。家は半壊状態であったが別宅があった

ので恵まれた環境であったと言えよう。関東大震災の体験者が数少なくなる今日、先生のお話は歴史の貴重な証言である。

――一九九四年五月五日、聞き書き――

「阿蘇の噴煙」余聞

犬養孝先生にとって、阿蘇の噴煙は終生、生命力の源であった。「もしも数学が出来たなら、『万葉集』ではなく火山の研究を志した。」と、呟かれたことがあった。火柱上がる阿蘇山第四火口を間近に見た体験談は、私たちの心を躍らせた。この時の想い出は、次のような随想や講演筆録にまとめられている。活字になった順番に、便宜上番号を付す。①「阿蘇のけむり」(『育英』一〇五号、一九七六年。『萬葉とともに　上巻』犬養先生の喜寿を祝う会、一九八四年所収)、②「阿蘇のけぶり」(『歴史と人物』九七号、一九七九年。『万葉十二ヵ月』新潮社、一九八三年所収)、③「阿蘇の噴煙」(『わが人生　阿蘇の噴煙』大阪市民大学センター、一九八八年)。③は講演筆録であり、この中で次のように述べている。

「確か、昭和四年一月十二日でしたか、阿蘇が大爆発をおこしたのです。それは私が卒業を控えた三年生の時でした。四十年ぶりということで噴煙は鹿児島あたりまで広がり、天は真っ黒な煙に覆わ

れ、熊本の町は快晴なのにヨナと呼ぶ火山灰が絶え間なく降り注ぎ、傘をささないと歩けません。ボーンボーンと溶岩を噴き上げる音も聞こえ、私は無性に阿蘇に登りたくなった。今をはずしたら行く時はないという気持ちが募り、抑えることができません。ちょうど、その時が私の十一回目の阿蘇行きになったわけですが、学校は行こうと思えば、いつでもあるんだ。大爆発をしている阿蘇の噴煙を目の前で見られるのは今日しかないと思い、行くことにしたのです。」

犬養先生の第十一回目の阿蘇登山は、第五高等学校の卒業年の一月であった。この時の〝大爆発〟の状況はどのようなものであったのか、詳細に調べたいとかねがね思っていた。爆発による火山弾・火山礫が大量に降り注ぐ最中に、火口を覗くことは不可能であり、登山も危険なためできないだろう。

犬養万葉記念館で放映しているビデオ「犬養孝の生涯　第一部青春時代」や、展示パネルの解説文作成のため、富田敏子さんは熊本県に行き、阿蘇火山博物館と熊本測候所で調査した。そして「犬養先生と『阿蘇の噴煙』―取材余話」（『あすか風』第二〇号、二〇〇〇年三月）としてまとめ、「宮地駅で地鳴りがし、五高付近までヨナが降るというのは、本当にすごい爆発だったはずだ。『阿蘇火山歴史』」（『阿蘇山噴火史要』熊本測候所、一九三一年…筆者注）に昭和四年一月下旬の黒煙を上げる写真が掲載されていることなどから、いま先生の記憶は正しかったと思っている。」と結論づけている。

私は充分には納得できなかったので、阿蘇山の噴火に関する文献を渉猟した。さらに京都大学附属阿蘇火山研究センターに尋ねたところ、小野博尉・田中良和の両氏から種々の史料コピーとともに、

丁寧な御教示をいただいた。以下、これらの史料をもとに、一九二九年一月の噴火の実相にせまってみよう。

阿蘇火山研究センターの本館は一九二八年に竣工したが、火山性地震の観測が本格化したのは翌年六月以降であり「仮に地震観測記録があっても火口から距離があるので、危険な状態と云っても火口に近づくことができるような比較的小規模な活動状態の詳細は解りかねる。」（小野氏書簡）とのことであった。

さて、犬養先生は阿蘇登山の月日を、②・③では一月十二日とするが、①では一月十日とする。先生に直接尋ねたところ、十二日が正しく十日は誤記であった。十日は木曜日、十二日は土曜日なので、土曜日の方が気分的に授業をさぼりやすかったのであろう。

『阿蘇山噴火史要』に収録されている、一九二九年一月の二種類の観察記録、すなわち阿蘇郡長陽村（現、南阿蘇村）の「長野家日記」と、熊本測候所嘱託者市原氏による「阿蘇山噴煙観測表［熊本市からの遠望観測を含む］」は第一次史料である。小野氏からは次のような御教示があった。

「長野家日記」は阿蘇山中央火口丘西麓からの観測なので、噴煙が高く上がらないと見えないので、噴煙の記述があるということはそれなりの活動があったことを意味している。しかし、噴煙が見える場合には、より火口近くを望める熊本市の方からの観測が適しているので、「阿蘇山噴煙観測表」が史料としては「長野家日記」よりも精度が高い。

一九二九年一月の両者の記録は、左記の通りである。

☆長野家日記

二日　白煙弱し。阿蘇郡北小国に午前一時四十分弱震（弱き方）余震三回あり。
三日　白煙稍強し。
四日　白煙稍強し。阿蘇郡北小国に微震三回、前記の余震なり。
五日　白煙稍々強し。
七日　白煙稍々強し。
八日　白煙稍々強し。
九日　稍々強し。阿蘇郡北小国に微震あり。
十日　白煙弱し。
十一日　白煙微弱なり。
十三日　白煙弱し。
十六日　正午頃より白煙稍強くなる。
十八日　黒煙可なり盛んなり。
十九日　白煙稍強し。北小国に弱震（弱き方）あり。

二十日　弱し。（白後黒に変）（北小国に微震あり）。
二十二日　白煙強し。
二十三日　白煙強し。
二十四日　噴烟弱し。午後六時頃より鳴動再々あり。活動始めし如く降灰あり。（宮地警察署報告）
二十五日　弱し。
二十六日　弱し。
二十九日　白煙弱し。
三十日　北ノ池強し。南の池中位。（北小国に微震あり）。
三十一日　強し。（稍々黒色に見ゆ）

後者の観測者の市原氏は寒さのため十一日に下山したので、以後の観察記録は二十五日まで無い。観測場所も黒川村坊中（現、阿蘇市黒川）の市原氏の自宅に変更されている。前者の日記によれば、一月十日〜十三日には微弱あるいは弱い白煙が記録されているだけである。もちろん観測者の長野氏が気付いていていない時、観測していない時に少し大きめの噴火が起こっても記録されないことはありうるが、この間には爆発的噴火はなかったのだろう。市原氏は二十五日と二十八日の出来事を共に、「第四（南池）爆音アリ黒煙及石噴出ス」と記録している。犬養万葉記念館の展示パネル写真の黒煙

☆阿蘇山噴煙観測表

日＼項	北ノ池 色	北ノ池 強弱	南ノ池 色	南ノ池 強弱	煙ノ方向	記事	備考	熊本遠望観測	熊本天気状況
一日	白	弱	白	弱	東	鳴動アリ			北西稍強ク曇時々晴
二日	〃	〃	〃	中	〃	〃		弱シ	北寄 曇リ勝
三日	〃	〃	〃	〃	〃	〃		稍強シ（白煙）	〃 晴 一時曇
四日	〃	中	〃	弱	〃	鳴動高シ		〃	南寄 曇リ勝
五日	〃	〃	〃	中	南	〃		〃	北后南寄晴
六日	〃	〃	〃	〃	東	〃			北西 曇 一時晴
七日	〃	弱	〃	弱	南	〃		稍弱シ（白煙）	北寄 晴 温度下ル
八日	〃	〃	〃	〃	北東	〃		〃	北后南寄晴
九日	〃	〃	〃	〃	〃	鳴動アリ		〃	東寄 曇リ勝
十日	〃	〃	〃	〃	〃	〃		弱シ（白煙）	北寄 晴 時々曇
十一日	此ノ日ヨリ寒気ノ為下山ニ付観測ナシ、以下記事欄ハ黒川村坊中ノ自宅ニテ観測セルモノナリ。（三月廿九日迄）								
二十五日	—	—	—	—	—	第四（南池）爆音アリ黒煙及石噴出ス		弱シ	北西 晴
二十八日	—	—	—	—	—	同上		〃	北東 曇 時々小雨

上がる阿蘇山は、『阿蘇山噴火史要』に掲載されているものを使用した。写真解説にあるように、一月下旬の第四噴火口爆発時のものである。

火山研究センターからいただいた野満隆治・南葉宗利「阿蘇第四火口噴出火山弾の分布に就て」(『地球物理』三巻二号、一九三九年)によれば、南葉氏は一九二八年九月から一九三〇年九月まで第四火口の観測を行なっている。一九二八年九月六日以外は、すべて実地観測である。「第三型　乾燥期に於て短期休止後の活動」日として、一九二九年一月は、二十二日・三十日が列記されている。

犬養先生が③の文章の「四十年ぶりの大爆発」の記述にも疑問がある。一九二八年あるいは一九二九年の四十年前には、大爆発はない。「約四十年間の長き休止後の活動」という言葉は、南葉氏が一九三二年六月二十七日から始まった第一火口の比較的大規模な噴火に対して用いており、他の京都帝国大学の火山研究者の論文にも散見される。そして一九三三年二月～三月に、第二・第一火口を主に阿蘇山は有史以来の大噴火をする。

犬養先生が第十一回目の阿蘇登山をした頃、第四火口は前年の一九二八年からストロンボリ式噴火(溶岩流出はなく小規模・中規模の噴火を反復するイタリアのストロンボリ火山を典型とする噴火)を繰り返していたが大噴火は無かった。一九二八年十二月二十日の噴火の時には、ヨナは九住連峰・宮崎方面にまで降った。犬養先生の登山日の一九二九一月十二日には、熊本市に降っていた。

第五高等学校卒業後、東京帝国大学に入学してからも、先生は新聞などで阿蘇山の動向を注視していたと思われる。一九三二年の第一火口の噴火に続いて、一九三三年の第二・第一火口の有史以来の大噴火に驚き、その印象が強烈であったため、いつしか自己の体験と混在していったのであろう。

十一回目の登山は命がけであった。火口壁から火柱上がる第四火口を覗き、足元に眼を向けると、何と火口壁の内側が大きく抉られ、その先端部分に立っていたことが分かった。足元が崩れ、いつ転落してもおかしくない。恐怖が全身に走った。あとは必死に走って、何度も転びながら火山灰だらけになって下山した。

この体験が終生、「生」の原点となり、挫けそうになった時には阿蘇の噴煙を思い浮かべたという。阿蘇山噴火の〝事実の真実〟を超え、先生は私たちに〝心情の真実〟を語り続けられたのである。

学恩、やよ忘るな

私が大学に入学した時、担任が犬養先生だった。オリエンテーションのあと、イ号館の教室で初めてお目にかかった。窓から見える生駒山を指しながら、若者たちに励ましの言葉をくださった。先生はちょうど還暦を迎えられたところであった。「大阪大学万葉旅行の会」の委員には二回生になってから選ばれた。男子の委員は経済学部か法学部から選ばれるのが常であったが、私が真面目そうに見えたので犬養先生の御指名であったと、あとから先輩に教えてもらった。以後、先生が亡くなられるまで、私は終始お傍近くにいたことになる。先生の人生の三分の一に当たる。

歴史が専攻の私は、門前の小僧となって『万葉集』も学ぶ機会を得た。学生時代はもとより教員になってからも、年中、犬養邸の書庫に籠もっていた。粉浜・久寿川時代を通じて、犬養邸宿泊回数と先生と言葉を交わした回数においては、私を超える人は誰もいない。殊に久寿川のお宅は勤務先の近くにあり、書庫の中は格好の研究室であった。一年の三分の一から二分の一ぐらい、泊まりこんでいた。しかし書生として、先生の著作物や万葉歌碑の記録資料などはこまめに収集整理していた。私が居なかったら、先生関連資料はこれほど完璧近く残らなかっただろう。

『萬葉の風土・続』（塙書房）と『明日香風』（社会思想社）の二冊の本は、同時進行で、私が編集と校正をお手伝いした。粉浜の先生の書斎で、南海電車の始発電車の通過音が聞こえるまで校正を続け、起きてこられた先生と交代したこともあった。『萬葉の風土』の続編は、犬養先生の恩師の久松潜一先生から早く上梓するように言われていたので、先生は大変意気込んでおられた。一方『明日香風―随想・万葉風土』は『萬葉の風土・続』の出版記念の引き出物として意図された。先生がこれまで発表された随想を、先生と私とで取捨選択した。そして、東京から出張してこられた編集担当の星野和央氏（現、さきたま出版会社長）と三人で、大阪で食事をしながら計画を練った。星野氏は『万葉の旅』以来の懇意な編集者であり、『明日香風・続』まで担当された。『明日香風』は当初、文庫本の予定はなかった。出版記念会参加者に配布した限定版の本の箱には、人間国宝の岩野平三郎氏が漉いた紫色の越前和紙が用いられた。刊行直前に先生の奥様が亡くなられたので、奥様にはゲラ刷りしかお

見せすることはできなかった。「きれいな本になりそうね。」という言葉が耳に残っている。

これら二冊から後のすべての本は、清原和義《きよはらかつよし》先生との二人三脚で編集を行なった。犬養先生は「僕の本は、お二人の力によっていつのまにか出来あがっているね。」と、よく言われた。

時移り、脳梗塞の症状がしだいに進むなか、それでも先生は不屈の精神で原稿用紙に向かっていた。二〇〇字二枚ほどの原稿を書くのに、少し書いては筆進まず一から書き直し、五〇枚ほどの原稿用紙を費やすこともあった。口述筆記を提案したが、先生はいつも頑なに拒まれた。それでも極短い文章を、私は三回筆記したことがある。先生の文字は別人には判読不可能になっていき、拙宅に解読を求めてコピーを送ってきた編集者もいた。黛敏郎氏と清原和義先生の追悼文も書かれたが、もはや誰にもほとんど解読はできなかった。先生の幻の著作二編となってしまった。

久寿川の御自宅でほとんどベッドに横になるようになってからも、私が訪ねると、横になったまま手を差し出して握手して、「山内君。」と言ってにっこり笑われた。お世話をしていた吉本愛子さんから「笑う相手はあなたぐらいよ。」と言われた。全国各地の先生揮毫の万葉歌碑を訪ねると、私は思わず歌碑と握手をしてしまう。すると朗唱が耳の奥に聞こえてくる。

犬養孝揮毫万葉歌碑（補遺）

・鰻万葉歌碑（第一三五基目）

石麻呂《いしまろ》に　我物申《われものまう》す　夏痩《なつや》せに　良《よ》しといふものそ　鰻《むなぎ》捕りめせ

大伴家持（巻一六—三八五三）

碑面

石麻呂尓
吾物申
夏痩尓
吉跡云物曾
武奈伎取食
孝書

解説板

萬葉集　巻十六　三、八五三の歌

石麻呂尓　吾物申　夏痩尓

吉跡云物曾　武奈伎取喫

読み

石麻呂《いしまろ》に　我物申《われものもう》す　夏痩《なつや》せに

良しといふものぞ　鰻捕《うなぎと》り喫《め》せ

意

石麻呂さんに申し上げます。夏痩《なつや》せに

良いものだそうですので、鰻《うなぎ》を捕《と》って喫《め》せ

（召《め》し上がれ）

—石麻呂という痩せた老人を、大伴《おおともの》宿禰《すくね》

家持《やかもち》が聊《いささ》かこの歌を作りて、以って戯笑《ぎしょう》す。

と後書きにあり—

○合津長氏は長年鰻の養殖をされており、上山田町議会議長当時、犬養孝先生の講演会が開催された。

あとで、犬養先生と談笑の折、萬葉集にある鰻の話に及び、良い機会にこの色紙を先生に所望して書いて頂いた記念の書である。上山田町長

山崎尚夫しるす

平成十九年十一月十五日之建

位　置　長野県千曲市　合津邸前庭
建立日　平成十九（二〇〇七）年十一月十五日
建立者　合津　長
解説板　平成二十（二〇〇八）年五月十日
解説文　山崎尚夫（元、上山田町長）

・草深百合万葉歌碑（第一三六基目）

道《みち》の辺《へ》の　草深百合《くさふかゆり》の　花笑《はなゑ》みに　笑《ゑ》みしがからに　妻《つま》といふべしや

作者未詳（巻七―一二五七）

碑面

道邊之
草深由利乃
花咲尓
咲之柄二
妻常可云也
孝書

解説板

道《みち》の辺《へ》の　草深百合《くさふかゆり》の　花笑《はなゑ》みに　笑《ゑ》みしがからに　妻《つま》といふべしや　作者未詳（巻七―一二五七）

（歌意）

道端の草藪の中に咲いている百合の花のように、私がちょっとほほ笑んだだけで、私をもうあなたの妻と言ってよいのでしょうか、困りますわ。

ほんの少し女性がにこっとほほ笑《え》んだだけなのに、男性は求婚を承諾してくれたと思った。そこで女性はたしなめた。

別の解釈として「咲《ゑ》まししからに」と訓《よ》んで、「あの子がちょっとほほ笑んだからといって、もう

妻といってよいだろうか」と、男性が自問自答したとの説を取る解釈もある。
いずれにしても「草深由利」の語句は、万葉人の造語力の豊かさを物語っている。

揮毫者犬養孝《いぬかいたかし》（一九〇七〜一九九八）は文化功労者、大阪大学・甲南女子大学名誉教授。『万葉集』の風土文芸学的研究をおこない、全国千二百カ所の万葉故地を踏査し、全国の万葉故地保存運動にも尽力した。

嘉穂郡《かほぐん》（明治二十九年に嘉麻《かま》・穂波《ほなみ》両郡合併）の地にも、生前たびたび訪れた。古代地名の嘉麻郡（かまのこおり）である旧、嘉穂郡稲築町鴨生《いなつきまちかもお》（現、嘉麻市《かまし》鴨生）には、平成七年に犬養揮毫による山上憶良万葉歌碑が二基建立されている。

一方、古代地名の穂波郡（ほなみのこおり）には犬養揮毫の万葉歌碑はないので、「嘉摩万葉を学ぶ会」が建立する第三基目の万葉歌碑は、その地を切望していたところ、桂川町《けいせんまち》のご好意によって実現の運びとなった。

揮毫万葉歌は、昭和二十四年に師弟で選んだ「万葉百首歌」のなかの一首である。犬養孝の生誕百年を記念する年度に、建立が実現したことは喜ばしい。

『万葉集』に多くの歌を残した山上憶良は、七三〇年前後、大宰府と嘉摩の往還の折、この古墳の傍らの古代官道を通ったと伝えられている。

平成二十（二〇〇八）年三月二十三日　　嘉摩万葉を学ぶ会

位　置　福岡県嘉穂郡桂川町寿命　王塚装飾古墳館前庭
除幕式　平成二十（二〇〇八）年三月二十三日
建立者　嘉摩万葉を学ぶ会
解説文　川波二郎（嘉摩万葉を学ぶ会代表）・山内英正（犬養万葉顕彰会代表）。

・さわらび万葉歌碑（第一三七基目）

石走《いはばし》る　垂水《たるみ》の上《うへ》の　さわらびの　萌《も》え出《い》づる春に　なりにけるかも　　志貴皇子（巻八―一四一八）

碑面

石激
　垂見之上乃
左和良妣乃

毛要出春尓
成来鴨
孝書

裏面

平成二十年十月建立

位　置　愛媛県上浮穴郡久万高原町大川　松本邸
建立日　平成二十（二〇〇八）年十月三日【犬養孝命日】
建立者　松本伊沙子

・夕浪千鳥万葉歌碑（第一三八基目）

近江《あふみ》の海《うみ》　夕浪千鳥《ゆふなみちどり》　汝《な》が鳴《な》けば　心《こころ》もしのに　古《いにしへ》思《おも》ほゆ

柿本人麻呂（巻三―二六六）

碑面

柿本人麻呂

淡海乃海

夕浪千鳥

汝鳴者

情毛思努尓

古所念

孝書

裏面

平成二十年十月吉日建之

山下よし子

淡海万葉の会

位　置　滋賀県大津市　柳が崎湖畔公園遊歩道

建立日　平成二十（二〇〇八）年十二月六日

103　犬養孝揮毫万葉歌碑（補遺）

建立者　淡海万葉の会

副碑

淡海《あふみ》の海
夕波千《ゆふなみち》鳥《どり》　汝《な》が鳴けば
情《こころ》もしのに　古《いにしへ》思ほゆ　　柿本人麻呂（巻三―二六六）

近江の海の夕べに寄せる波に遊ぶ千鳥よ。
おまえが鳴くとしんみりして、
しみじみと昔のことが偲ばれる。

作歌時期は不明だが、「いにしへ」は近江に都があった頃をいうのであろう。
「思ほゆ」は、心の内側からわき上がるように思われてくることをいう。
夕方、近江の海の波間に千鳥を見、その声のなかで柿本人麻呂は懐旧の情を深くする。

※右記の解説に続いて、万葉歌の韓国語・中国語・英語の翻訳、及び左記の語句が、すべて横書きで記されている。

犬養孝　書
近江万葉《おうみまんよう》の会

大津市　パワーアップ・市民活動支援事業
建立日　平成二十二（二〇一〇）年十一月
建立者　近江万葉の会

・筑波嶺のさ百合《ゆる》万葉歌碑（第一三九基目）

筑波嶺《つくはね》の　さ百合《ゆる》の花《はな》の　夜床《ゆとこ》にも　愛《かな》しけ妹《いも》そ　昼《ひる》も愛《かな》しけ

大舎人《おおとねり》部《べ》千《ち》文《ふみ》（巻二〇―四三六九）

碑面

都久波祢乃
佐由流能波奈能
由等許尓母
可奈之家伊母曾
比留毛可奈之祁
孝書

裏面

建立者　茨城県下妻市下妻戊四三一
　　　　万葉東歌研究会長　大木　昇・百合子
揮　毫　文化功労者・国文学者　犬養　孝
監　修　大阪府　堺万葉歌碑の会代表　沢田富美子
　　　　　　　　平成二十二年七月二十五日

位　置　茨城県下妻市大宝　大宝八幡宮
除幕式　平成二十二（二〇一〇）年七月二十五日
建立者　大木昇・百合子

・筑波山万葉歌碑（第一四〇基目）

　筑波山に登る歌一首　幷せて短歌

草枕《くさまくら》　旅《たび》の憂《うれ》へを　慰《なぐさ》もる　こともありやと　筑波嶺《つくはね》に　登《のぼ》りて見《み》れば　尾《を》花《ばな》散《ち》る　師付《しづく》の田居《たゐ》に
雁《かり》がねも　寒《さむ》く来《き》鳴《な》きぬ　新治《にひはり》の　鳥羽《とば》の淡海《あふみ》も　秋風《あきかぜ》に　白波《しらなみ》立ちぬ　筑波嶺《つくはね》の　良《よ》けくを見《み》れば

長《なが》き日《け》に　思《おも》ひ積《つ》み来《こ》し　憂《うれ》へは止《や》みぬ　（巻九―一七五七）

反歌

筑波嶺《つくはね》の　裾回《すそみ》の田居《たゐ》に　秋田刈《あきたか》る　妹《いも》がり遣《や》らむ　黄葉手折《もみちたお》らな

高橋虫麻呂（巻九―一七五八）

碑面

登筑波山歌一首　幷短歌

草枕　客之憂乎　名草漏　事毛有哉跡
筑波嶺尓　登而見者　尾花落
師付之田井尓　鴈泣毛　寒来喧奴
新治乃　鳥羽能淡海毛　秋風尓　白浪立奴
筑波嶺乃　吉久乎見者　長氣尓　念積来之　憂者息沼

反歌

筑波嶺乃　須蘇廻乃田井尓　秋田苅
妹許将遣　黄葉手折奈

孝書

裏面

建立者　茨城県下妻市下妻戊四三一
　　　　万葉東歌研究会長
　　　　大木　昇・百合子
揮毫者　犬養　孝
　　　　文化功労者・国文学者
監　修　岡本三千代
　　　　万葉集作曲家・犬養万葉顕彰会会長前
　　　　　　平成二十二年十月三十日
　　　　（巻九　一七五七〜八）
位　置　茨城県つくば市筑波　筑波山神社
除幕式　平成二十二（二〇一〇）年十月三十一日
建立者　大木昇・百合子

・天の鶴群万葉歌碑（第一四一基目）

旅人《たびびと》の　宿《やど》りせむ野《の》に　霜降《しもふ》らば　我《あ》が子羽《こは》ぐくめ　天《あめ》の鶴群《たづむら》

作者未詳（巻九―一七九一）

碑面

天平五年癸酉遣唐使船發
難波入海之時親母贈子歌
客人之
宿將爲野尓
霜降者
吾子羽裹
天乃鶴群
孝書

裏面

天平五年癸酉遣唐使船發

難波入海之時親母贈子歌
旅人の
宿りせむ野に
霜降らば
あが子はぐくめ
天の鶴群
　揮毫　文学博士　犬養　孝
　監修　堺万葉歌碑の会　沢田　富美子
平成二十三年六月五日
　堺市内13ロータリークラブ一同

位　置　堺市堺区　大浜公園蘇鉄山
除幕式　平成二十三（二〇一一）年六月五日
建立者　堺市内13ロータリークラブ

犬養孝揮毫万葉移設歌碑

・高師の浜万葉歌碑（第七一基目）

大伴《おほとも》の　高師《たかし》の浜《はま》の　松《まつ》が根《ね》を　枕《まくら》き寝《ぬ》れど　家《いへ》し偲《しの》はゆ　　置始《おきそめの》東人《あづまひと》（巻一―六六）

移設地　大阪府堺市西区浜寺公園町　浜寺公園（←泉北藤井病院←成徳記念病院）
移設碑・副碑除幕　平成二十（二〇〇八）年四月六日
移設者　堺万葉歌碑の会
副碑文　山内英正（犬養万葉顕彰会代表）

副碑

大伴の高師の浜の松の根を、枕にして寝ていても、家のことが偲ばれる。

作者の置始《おきそめの》東人《あづまひと》は、文武《もんむ》朝の宮廷歌人。伝未詳。大伴の高師の浜は、堺市・高石市付近の海岸。古来、景勝の地であった。

揮毫者の犬養　孝（一九〇七―一九九八）は、文化功労者、大阪大学・甲南女子大学名誉教授。

『万葉集』の風土文芸学的研究をおこない、全国の万葉故地を踏査した。また、それらの保存運動にも尽力した。

本歌碑は、平成四年四月十二日、成徳記念病院（高石市）の敷地に除幕建立されたが、平成十五年十月に泉北藤井病院（堺市南区）の敷地に移転された。このたび同病院の御好意によって、「堺万葉歌碑の会」が譲り受け、堺市に寄贈した。再度の移転に際しては、大阪府に御尽力いただいた。

平成二十（二〇〇八）年三月三十一日
堺万葉歌碑の会

・西の市万葉歌碑（第九八基目）

西《にし》の市《いち》に　ただひとり出《い》でて　目《め》並《なら》べず　買《か》ひてし絹《きぬ》の　商《あき》じこりかも　作者未詳（巻七―一二六四）

移設地　奈良県大和郡山市九条町二六五―四番地（←大和郡山市北郡山町　米山邸前庭）

移設完了日　平成二十（二〇〇八）年一月五日

移設者　大和郡山市

・糸我万葉歌碑（第六基目）

足代《あてす》過ぎて　糸鹿《いとが》の山《やま》の　桜花《さくらばな》　散《ち》らずあらなむ　帰《かへ》り来《く》るまで　作者未詳（巻七―一二一二）

移設地　和歌山県有田市　得生寺境内入口右手（↑得生寺境内駐車場）

移設完了日　平成二十（二〇〇八）年四月十四日

移設者　糸鹿愛郷会

小石柱

平成二十年四月吉日移転　糸鹿愛郷会

・千曲川万葉歌碑（第四〇基目）

信濃《しなぬ》なる　千曲《ちぐま》の川《かは》の　細石《さざれし》も　君《きみ》し踏《ふ》みてば　玉《たま》と拾《ひろ》はむ　東歌（巻一四―三四〇〇）

移設地　長野県千曲市上山田温泉町　萬葉公園（↑「萬葉の宿　佐久屋」）

移設日　平成二十二（二〇一〇）年三月三十日

移設者　千曲市

・飛鳥万葉歌碑（第五一基目）

大君《おほきみ》は　神《かみ》にしませば　赤駒《あかごま》の　腹這《はらば》ふ田居《たゐ》を　都《みやこ》と成《な》しつ　大伴卿（巻一九―四二六〇）

移設地　奈良県高市郡明日香村飛鳥　飛鳥坐神社石段上がった右手【建立当初の場所】

（↑石段上がった正面↑石段上がった右手）

移設披露日　平成二十二（二〇一〇）年五月十六日

移設者　飛鳥坐神社

・さわらび万葉歌碑（第七二基目）

石走《いはばし》る　垂水《たるみ》の上《うへ》の　さわらびの　萌《も》え出《い》づる春に　なりにけるかも　志貴皇子（巻八―一四一八）

移設地　大阪府枚方市香里ケ丘一〇丁目一番一一号　税務大学校大阪研修所入り口近く（↑旧本館前）

移設日　平成二十三（二〇一一）年度中に予定

移設者　税務大学校大阪研修所

・甘樫丘万葉歌碑（第一基目）解説板設置

采女《うねめ》の　袖吹《そでふ》き返《かへ》す　明日香風《あすかかぜ》　都《みやこ》を遠《とほ》み　いたづらに吹《ふ》く　　志貴皇子（巻一―五一）

位　置　奈良県高市郡明日香村豊浦　甘樫丘中腹

解説板除幕式　平成十九（二〇〇七）年四月一日

建立者　犬養万葉顕彰会

解説文　山内英正（犬養万葉顕彰会代表）

解説板

志貴皇子

采女乃　　うねめの

袖吹反　　そでふきかへす

明日香風　　あすかかぜ

京都乎遠見　　みやこをとほみ

無用尓布久　　いたづらにふく

孝書

采女の袖を吹き返した明日香風は、都が遠のいたので、今はただむなしく吹いている。

　志貴皇子は天智天皇の第七皇子。

六九四年十二月、持統天皇によって明日香より北の藤原に遷都された。皇子は旧都に佇み、吹く風のなかに美しい采女の幻想を懐いた。

　揮毫者の犬養孝（一九〇七～一九九八）は、明日香村名誉村民、文化功労者、大阪大学・甲南女子大学名誉教授。

「万葉集」の風土文芸学的研究をおこない、明日香をはじめ全国の万葉故地保存に尽力した。

「南都明日香ふれあいセンター　犬養万葉記念館」が、明日香村　岡にある。

　犬養孝生誕百年を記念して、ここに歌碑解説板を設置する。

　　平成十九年四月一日

犬養万葉顕彰会

万葉歌索引

初出一覧 ＊（　）内は原題

「無限曠野」の万葉歌　『大阪日日新聞』　二〇〇七・一・二六
粉浜のシジミ　『大阪日日新聞』　二〇〇七・三・一三
「あすか風」―犬養孝　生誕百年記念碑建立　『大阪日日新聞』　二〇〇七・四・二四
市民が建てた堺万葉歌碑　『大阪日日新聞』　二〇〇七・六・八
故郷に結ぶ万葉の心　『大阪日日新聞』　二〇〇七・七・一九
甘樫丘万葉歌碑　『産経新聞』【奈良版】　二〇〇八・五・二三
「草深百合」万葉歌碑（「草深百合」）　『産経新聞』【奈良版】　二〇〇八・六・二〇
鰻《むなぎ》捕りめせ（「鰻捕り喫」）　『産経新聞』【奈良版】　二〇〇八・七・二五
「神中」生への犬養書簡　『産経新聞』【奈良版】　二〇〇八・八・二九
高師の浜の松韻（高師の浜）　『産経新聞』【奈良版】　二〇〇八・一〇・一〇
味真野　『産経新聞』【奈良版】　二〇〇八・一〇・三一
夕浪千鳥　『産経新聞』【奈良版】　二〇〇八・一二・一二
「大阪大学万葉旅行の会」　『産経新聞』【奈良版】　二〇〇九・一・三〇
粉浜小舎　『産経新聞』【奈良版】　二〇〇九・二・二七
西田公園万葉植物苑　『産経新聞』【奈良版】　二〇〇九・三・二七
糸鹿のヤマザクラ　『産経新聞』【奈良版】　二〇〇九・四・二四
『台湾万葉集』　『産経新聞』【奈良版】　二〇〇九・五・二二

台湾・ハワイを結ぶ万葉歌　『産経新聞』【奈良版】二〇〇九・六・一九
黒潮よせる紀の海　『産経新聞』【奈良版】二〇〇九・七・一七
海ゆかば　『産経新聞』【奈良版】二〇〇九・八・二八
不破の関　『産経新聞』【奈良版】二〇〇九・一〇・二
沙弥島　『産経新聞』【奈良版】二〇〇九・一〇・三〇
タンチョウの里　『産経新聞』【奈良版】二〇〇九・一二・四
愛媛・久万高原の万葉歌碑（愛媛・久万高原の歌碑）　『産経新聞』【奈良版】二〇一〇・一・八
千曲川の畔　『産経新聞』【奈良版】二〇一〇・二・一九
高橋虫麻呂の筑波山歌　『産経新聞』【奈良版】二〇一〇・三・一九
関東大震災の想い出―犬養孝先生に聞く
　『万葉の風土・文学―犬養孝博士米寿記念論集』（塙書房）一九九五・六・二五
「阿蘇の噴煙」余聞　『あすか風』第二一号（犬養万葉顕彰会）二〇〇〇・五・二二
学恩、やよ忘るな　『私と犬養孝先生―犬養孝生誕百年記念文集』（犬養万葉顕彰会）二〇〇七・九・一

あとがき

私は大阪大学文学部に入学して以来、犬養孝先生が亡くなられるまでの三十余年間、先生から多くの学恩を受けてきた。学部生・大学院生の頃は一年の三分の一から二分の一は、先生の家に居候していた。社会人となってからも自宅から犬養邸まで自転車でよく訪れ、そのたびごとに先生が執筆された論説や随想・講演筆録、さらには揮毫された万葉歌碑の建立記録をまとめていた。

本書に収録した小文は「門前の小僧」の回想に過ぎないが、犬養先生と『万葉集』を通じて見た、昭和四十年代以後のささやかな歴史記録でもある。最初の五編は、「横野万葉会」（大阪市生野区）の大東道雄氏からバトン＝リレーで、『大阪日日新聞』のコラム「澪標」に連載したものである。続く二十一編は、『産経新聞』【奈良版】の「こころの万葉風景」に連載したものである。この連載は鳥頭尾靖（画伯・犬養万葉記念館長）・辰巳和余（同館学芸員）・富田敏子（万葉の大和路を歩く会代表）の三氏と約二年間、ローテーションで執筆した。私の担当は、先生の万葉故地保存や新歌碑情報、知られざるエピソードであったため、歴史学徒として、アジア・太平洋戦争にかかわる文章が目立ってしまった。本書の題名は、この連載コラム名に因む。

『万葉の旅（上・中・下）』（現代教養文庫）、『改訂新版　万葉の旅（上・中・下）』（平凡社ライブラリー）は、日本の高度経済成長期に変容破壊されていった万葉故地の貴重な歴史記録でもある。その後もバブル経済などで、故地の破壊は続いていった。これに対して様々な抵抗運動が起こった。先生は手弁当で応援した。都野津（江津市）の景観復元、和歌浦（和歌山市）の「新不老橋」問題、吉野山のゴルフ場建設問題など、多岐にわたる。なかでも飛鳥保存問題には終生情熱を傾けた。先生は「明日香村」の名付け親である。一九五六年に飛鳥・高市・阪合の三村合併の折、新村名を飛鳥村とすることに、他の二村は反対した。三村の村長は犬養先生に相談した結果、先生の提案で「明日香村」に落ち着いた。一九六九年、「飛鳥古京を守る会」発足時の趣意書は、先生が考案作成した。私はガリ版で、ザラ紙に印刷された原案を持っている。

有形文化財、埋蔵文化財、そして歴史的風土景観、地名へと、保存運動は深化展開していった。全国各地の万葉故地保存運動の高まりは、一九六〇～六二年の西宮市の石油化学コンビナート誘致反対運動（日本最初の環境アセスメント）、一九六四年の鎌倉風致保存会結成（日本最初のナショナル＝トラスト運動）、さらに一九七五年に高砂市で提唱された入浜権運動など、公害反対運動も含めた、歴史の脈絡のなかで捉えなければならない。昨今の万葉歌碑建立は町おこしのためのものもあるが、先生が揮毫した歌碑のなかには、地域の人々の抵抗のシンボルとなったものがある。私が歌碑建立の資料を保存して経緯をまとめ続けたのは、歌碑も地域民衆史の語り部であると思ったからだ。記憶は消えて

も記録は残る。本書巻末の万葉歌碑（補遺）は、最近の情報をまとめたものである。

二〇〇七年四月一日は、先生の生誕百年であった。この年、全国各地で先生を慕う門下生や諸団体が、記念事業に加えて、展示会・シンポジウム・講演会などの記念行事を行なった。なかでも「犬養万葉顕彰会」は「南都明日香ふれあいセンター」に生誕百年記念「あすか風」碑を建立し、甘樫丘万葉歌碑の傍らに解説板を設置した。さらに記念出版物として、犬養孝『万葉の里』（和泉書院）や犬養孝・山内英正［共著］『犬養孝揮毫の万葉歌碑探訪』（和泉書院）、『私と犬養孝先生―犬養孝生誕百年記念文集』（犬養万葉顕彰会）を刊行した。そして橿原神宮養正殿で記念祝賀会を行なった。

また、「犬養孝・生誕百年記念事業実行委員会」は、明日香村の万葉文化館で「飛鳥から出発、万葉の旅―犬養孝・生誕一〇〇年記念展示」（二〇〇七年十月十八日～十一月十三日）を、東京都の奈良県代官山i《アイ》スタジオで「犬養孝・生誕一〇〇年回顧展」（二〇〇八年一月十六日～三十一日）を開催した。さらに二〇〇八年九月十三日、「犬養万葉顕彰会」は、先生の旧宅からさほど遠くない西宮神社会館で、「犬養孝先生を偲ぶ会―十年祭」を行なった。

先生は、①万葉風土文芸学の研究者、②『万葉集』を広く普及させた啓蒙家、③故地保存運動に携わった実践家、そして④何よりも偉大な教育者であった。半世紀を遥かに越えて教え子たちが、今も授業プリントを大切に保存している。恩師は無言のうちに範を示している。

著者略歴

山内 英正（やまうち ひでまさ）

大阪大学文学研究科博士課程退学
現在 甲陽学院高等学校教諭
南都明日香ふれあいセンター 犬養万葉記念館運営協力委員・白鹿記念酒造博物館評議員
専攻 日本近代史
共著 『犬養孝揮毫の万葉歌碑探訪』（和泉書院）
『犬養孝万葉歌碑』（講談社野間教育研究所）
『別冊太陽　犬養孝と万葉を歩く』（平凡社）
『万葉の歌―大和東部』（保育社）
『人物で学ぶ歴史の授業』（日本書籍）
『甲陽学院所蔵旧「宇津保文庫」考古資料目録 瓦編』（甲陽学院）
『甲陽学院所蔵旧「宇津保文庫」考古資料目録 土器編（瓦類補遺）』（甲陽学院）
『人・街・海・山―神戸で学ぶ―』（兵庫歴史教育者協議会）
他多数

万葉 こころの風景　IZUMI BOOKS 19

2011年7月21日　初版第一刷発行

著　者　山内英正

発行者　廣橋研三

発行所　和泉書院

〒543-0037　大阪市天王寺区上之宮町7-6
電話06-6771-1467／振替00970-8-15043
印刷・製本　シナノ

ISBN978-4-7576-0597-8　C0395　定価はカバーに表示

犬養孝・山内英正 著

犬養孝揮毫の万葉歌碑探訪

犬養孝 生誕百年記念出版

和泉選書156

■四六判・本文オールカラー・三九一頁・定価二六二五円（本体二五〇〇円）

犬養孝は生前、生涯に亘り万葉故地の景観保全に尽力し、各地の運動を支援した。その一助として万葉歌碑の揮毫をおこなった。本書は、全国に建立された百三十四基の万葉歌碑、十七基の関連碑すべてをカラー写真を掲載して紹介し、活動の足跡を辿る。歌碑にまつわる随想も収録した。

犬養孝 著

万葉の里

犬養孝 生誕百年記念出版

IZUMI BOOKS12

■四六判・一六五頁・定価一五七五円（本体一五〇〇円）

著者は生前、全国すべての万葉故地を踏査し、風土に根ざした文芸学を提唱し、また、生涯に亘って万葉故地の景観保全にも情熱を注いで無私の活動をおこなった。本書には、『大阪新聞』連載の珠玉の随想六十七編を地域別に編集して収録した。今、万葉風土の実相が蘇る。

犬養孝・清原和義 著

万葉の歌人　笠金村

和泉選書61

■四六判・二一六頁・定価二二四二円（本体二一三六円）

本書の第一部は、今日ほとんど入手不可能な、昭和十八年刊の犬養孝著『笠金村』の旧版を改訂したもの。本格的な金村研究の嚆矢としての本書を改めて新編として刊行する。第二部は、初版と新編との間にある五十年の金村研究史を詳細に辿り、現在における研究の意義と展望を総括するものである。